Fábulas
de
Esopo

ILUSTRADO
POR
A. RACKHAM

EDIMAT LIBROS, SA

Copyright © EDIMAT LIBROS, SA
C/ Primavera, 10, nave 35
28500 Arganda del Rey
MADRID-ESPAÑA
www.edimat.es

ISBN: 978-84-9794-573-8
Depósito Legal: M-1280-2024

Título: Fábulas ilustradas
Autor: Esopo
Traducción: Cristina Zuil González / Equipo editorial
Ilustraciones: Arthur Rackham
Introducción: Rosario de la Iglesia
Diseño e ilustraciones de cubierta: Karakachoff Estudio

Impreso en España — *Printed in Spain*

Introducción

Sobre la vida de Esopo

«El utilísimo Esopo, el fabulista, por culpa del destino era esclavo, por su linaje, frigio, de Frigia; de imagen desagradable, inútil para el trabajo, tripudo, cabezón, chato, tartaja, negro, canijo, zancajoso, bracicorto, bizco, bigotudo, una ruina manifiesta.»[1] Con estas palabras empieza la *Vida de Esopo,* una biografía novelada o, más bien, una novela biografiada que un escritor anónimo recopiló, allá por los primeros siglos de nuestra era. Pero esta descripción, que no sabemos si corresponde al Esopo real, suponiendo que haya existido en realidad un Esopo, está relacionada con un tema muy antiguo en la literatura griega y en la literatura oriental: el tema del personaje feo, físicamente desagradable, pero de una gran inteligencia, con la que logra dominar a los más fuertes o más afortunados.

Se sabe muy poco de la verdadera vida de Esopo y la mayor parte de los datos, más o menos fiables, que se utilizan en sus biografías proceden de esta *Vida de Esopo,* cuya fecha exacta de redacción no se conoce, pero que ya estaba ampliamente difundida a finales del siglo II de nuestra era. De los datos que este texto nos ofrece y cuya verosimilitud parece aceptable se desprende que Esopo era esclavo de un ciudadano de Samos y que había nacido en Frigia (de ahí vendría su nombre: el Esopo es un río frigio). Su vida debió de transcurrir durante el siglo VI a. C., ya que en la época de Aristófanes era perfectamente conocido en Atenas y sus fábulas se utilizaban como libro de texto en las escuelas. Y, según Platón cuenta en su

---

[1] *Vida de Esopo,* Biblioteca Clásica Gredos, Madrid, 1978.

diálogo *Fedón,* el propio Sócrates se sabía de memoria los apólogos de Esopo y en los últimos días de su vida, en la cárcel, se entretenía poniéndolos en verso. Como reconocimiento a su obra, el pueblo de Atenas encargó al escultor Lisipo la realización de un busto del poeta, que se colocó en el ágora y que ahora puede contemplarse en el Museo Albani de Roma.

Hasta aquí la historia o, al menos, lo que tiene muchas probabilidades de ser histórico. Pero la figura de Esopo es mucho más que un personaje histórico: es todo un mito. Y, como mito, tiene su propia leyenda que, a modo de ejemplo, se ofrece a todos los que en él quieran encontrar motivo de reflexión. El mito de Esopo nos lo presenta, ya lo hemos dicho, como un personaje feo y deforme, de origen bárbaro y raza negra, pero dotado de una gran inteligencia y sabiduría. Los obstáculos para expresar esta sabiduría, su mudez de nacimiento, son superados gracias a la diosa Isis, que le devuelve el habla. La vida de Esopo sigue unos derroteros muy semejantes a los de los héroes de nuestras novelas picarescas, de las que muchos estudiosos la consideran un antecedente: pasa de amo en amo, de lugar en lugar, a todos va prodigando sus consejos y sale airoso de las mayores dificultades gracias a su ingenio. La mayor parte de su vida transcurrió en casa de un mediocre filósofo de Samos, de nombre Janto, cuya necia pedantería resalta siempre en contraste con la eficaz sabiduría de su esclavo. Gracias a los sabios consejos que prodiga al rey Creso y a la Asamblea de Samos recibe la libertad y empieza de nuevo en su vida una etapa aventurera, que le lleva de Samos a Egipto y a Babilonia, y de aquí a Delfos, donde es falsamente acusado de un robo sacrílego y condenado a morir arrojado por un precipicio. Y, fiel a su figura, antes de morir Esopo los «adoctrina» con un apólogo:

«Cuando los animales hablaban el mismo lenguaje, un ratón se hizo amigo de una rana y la invitó a comer. La llevó a un granero muy opulento, en el que había pan, carne, queso, aceitunas, higos secos, y dijo: "Come". Cuando se quedó bien llena, la rana dijo: "Ven tú también a mi casa a comer, para llenarte bien". Le llevó a una charca y dijo: "Nada". "No sé nadar", dijo el ratón. La rana le contestó: "Ya te enseñaré". Y con una cuerda ató la pata del ratón a la suya, saltó a la charca y arrastró al ratón. El ratón, ahogándose, dijo: "Aun estando muerto me vengaré de ti viva". Al decir esto el ratón, la rana se sumergió y lo ahogó. Flotaba el ratón en el agua y un cuervo lo arrebató con la rana atada y al comerse al ratón, arrampló también con la rana. Así se vengó el ratón de la rana. Lo mismo yo, señores, al morir seré vuestra ruina. Pues incluso los lidios, babilonios y casi toda Grecia cosecharán el fruto de mi muerte.»

Y así sucedió, en efecto, pues a la muerte de Esopo los delfios fueron asolados por la peste. «El tema de la muerte violenta del poeta, que atrae la ira de un dios (generalmente Apolo) que le vindica, se repite en casos diferentes, como los de Orfeo, Hesíodo y Arquíloco. Esopo está relacionado estrechamente con Apolo [...] que castiga a sus asesinos y le da honor. Hay que añadir que, como veremos, Esopo pertenece al mismo prototipo humano, por así decirlo, que esos y otros poetas. La raíz de todo ello está, pensamos, en la figura del «fármaco», personaje que en ciertas fiestas anuales hacía de chivo expiatorio y recibía, por otra parte, honor. En la leyenda délfica de Esopo, muy concretamente, parece haber huella de un antiguo ritual de este tipo.»[2]

LA FÁBULA CLÁSICA EN SU CONTEXTO HISTÓRICO

Aunque las fábulas griegas, a diferencia de las indias, carecen prácticamente de ambientación, es evidente que están insertas y que surgen de una sociedad fundamentalmente agraria. Los propios temas de las fábulas, protagonizados en su inmensa mayoría por animales y plantas, y relacionados con actividades del campo, así lo demuestran. Pero parece además un hecho comprobado que las fábulas o apólogos, de carácter festivo, cómico e irónico, formaban parte de las conmemoraciones festivas agrarias, en honor de dioses como Deméter y Dioniso. Para entender el verdadero significado de la fábula en este contexto debemos remontarnos a los orígenes del género, que son muy anteriores al siglo VI a. C., en el que vivió y escribió Esopo. Porque Esopo, en efecto, recoge una tradición literaria que se remonta probablemente al segundo milenio. En tiempos de Esopo, a quien se considera, en Grecia y en todo Occidente, el «creador» de la fábula, ésta se había convertido ya en una perfecta síntesis entre la milenaria tradición de la fábula griega y las influencias de la fábula oriental, sobre todo de la india y la mesopotámica. El propio

---

[2] FRANCISCO RODRÍGUEZ ADRADOS, *Historia de la fábula greco-latina*, vol. 1, pág. 289.

dato de presentar a Esopo como personaje de origen frigio, es decir, oriental, confirma este carácter de síntesis de las fábulas esópicas. Sería conveniente centrarnos ahora en la época en que según la tradición vivió Esopo, es decir, en la Grecia preclásica, y analizar sus características políticas y culturales. El siglo vi es el último siglo de la llamada época arcaica pero, tras los lentos preparativos que se han producido durante los siglos viii y vii a. C., en éste cristalizarán de forma violenta todos los cambios, los políticos, los culturales, los literarios. Fue también el siglo que vio nacer la ciencia, la filosofía, el teatro y la prosa. Históricamente el siglo vi a. C. está marcado, como el anterior, por la expansión colonial de los griegos en el Mediterráneo y por la instauración de regímenes tiránicos en numerosas ciudades griegas. Muchos de estos tiranos, sin embargo, gobernaron con una sabiduría y una justicia de la que carecieron algunos de los demócratas del siglo siguiente.

Atenas constituye un ejemplo perfecto de la evolución política y social del siglo vi a. C. griego. A pesar de las tareas reformadoras de Dracón, empieza el siglo en medio de las sangrientas luchas que produce, la rebelión del pueblo frente a los abusos de los gobernantes y de los poderosos (tema, éste, que se oculta en muchas de las fábulas de Esopo). Y para poner fin a la crisis social es elegido un hombre, político y literato al mismo tiempo, Solón, que por las virtudes que adornaron su carácter, fue digno de figurar como uno de los Siete Sabios de Grecia. Con Solón se inaugura una nueva época, no sólo para Atenas, sino para Grecia entera. Pero, por acertadas que fueran las reformas de Solón, no pudieron eliminar todas las causas del malestar social (no olvidemos que, a pesar de haber sido la «inventora» de la democracia, Grecia mantuvo hasta muy tarde una sociedad desigual y esclavista, y esclavo fue Esopo). A la muerte de Solón empiezan ya a producirse los primeros anuncios de futuras tiranías. Su sucesor, Pisístrato, y su hijo Hiparco, sin embargo, gobernaron Atenas más «como ciudadanos que como tiranos»: impulsaron los trabajos públicos y artísticos, favorecieron los espectáculos homéricos, así como las primeras representaciones dramáticas, y fueron verdaderos mecenas de artistas, poetas y sabios. A la muerte de Pisístrato, hacia el año 530 a. C., le sucedió en el gobierno de Atenas Hipias, su hijo mayor, que pasó muy pronto a ejercer un poder tiránico, y provocó el levantamiento del pueblo, apoyado por una noble familia ateniense, exiliada y refugiada en Delfos, los Alcmeónidas. Y así, en el año 508 a. C., la democracia preconizada por Solón, entró en Atenas de la mano de Clístenes. Toda la organización territorial y política del Ática quedó alterada y, para impedir el menor rebrote de la tiranía, Clístenes inventó un curioso procedimiento, el ostracismo, en virtud del cual el pueblo podía condenar al destierro durante diez años a toda persona sospechosa de querer hacerse con el poder absoluto.

La revolución de Clístenes abre una nueva etapa para Atenas y, de forma indirecta, para toda Grecia. Casi todas las ciudades griegas volvieron los ojos hacia Atenas como prototipo de la libertad cívica, de la democracia, y así, bajo el liderazgo ateniense, Grecia entra en su edad dorada, el siglo clásico por excelencia, el siglo v a. C. Pero eso ya pertenece a otro capítulo de la historia.

También literariamente el siglo vi a. C. supone una importante antesala para el gran siglo del clasicismo griego. Poetas líricos como Safo —«décima Musa» como dicen que la llamaba Platón— y Alceo, ambos hijos de nobles familias de Lesbos, o Anacreonte, inventor de un tipo de lirismo festivo, son dignos precursores de Píndaro. La tragedia, cuyos mejores frutos se recogerían un siglo más tarde, surge ya en éste con el ateniense Thespis, que introduce en la representación a un actor que da la réplica al coro, hasta entonces protagonista exclusivo.

Otro gran fenómeno literario de la época fue la aparición de la prosa. Plutarco analiza el acontecimiento con moderna lucidez: «El empleo del lenguaje se parece a la circulación de la moneda: es también el uso habitual que de él se hace el que lo consagra y su valor varía según las épocas. Hubo una época en la que el valor monetario que se cotizaba, en lo que al lenguaje se refiere, era el verso, los ritmos y los cantos; la historia y la filosofía, inclusives, pertenecían al dominio de la poesía y de la música... Pero se manifestó en el curso de los acontecimientos y en el temperamento de los hombres un cambio que modificó la forma de vivir. El uso, abandonando lo superfluo, suprimía los peinados ostentosos sujetos por alfileres de oro, o rechazaba las largas túnicas de fastuosos pliegues... La sencillez remplazaba el lujo y se empezó a considerar la ausencia de afectación como un ornato superior al fasto y al refinamiento. El lenguaje experimentó la misma transformación y el mismo aligeramiento: la Historia descendió de la poesía como de un carruaje y, gracias a la prosa, yendo a pie, separó la verdad de la leyenda. Del mismo modo la Filosofía prefirió iluminar e instruir antes que maravillar, y ya todas sus investigaciones fueron hechas en prosa.»[3]

Fue precisamente en el siglo VI a. C. cuando se produjo esta transformación paralela en las costumbres y en la literatura. Esto no significa que la poesía no siguiera siendo cultivada por los poetas épicos o líricos y por los también recién aparecidos poetas trágicos. Significa, eso sí, que de esta época datan los primeros prosificadores, aunque ciertos cronistas e historiadores, como también algunos filósofos, siguen manteniendo la vieja costumbre de expresarse en verso.

Y a este proceso de prosificación no fue ajena la fábula, que nosotros tendemos instintivamente a ligar a la poesía, ya que en verso se han expresado los fabulistas de la literatura occidental, sobre todo en el Renacimiento y en el siglo XVIII: La Fontaine, Iriarte, Samaniego son los nombres de fabulistas que antes acuden a nuestra mente y su obra está indisolublemente ligada al verso. La fábula griega del siglo VI a. C., la fábula esópica, sin embargo, es exclusivamente en prosa.

No quedaría completa esta referencia al mundo cultural en que se desarrolló la figura real o legendaria de Esopo si no aludiéramos al filósofo y astrónomo Tales de Mileto, contemporáneo de Solón y, también como él, uno de los Siete Sabios; o si olvidáramos a Pitágoras, nacido en Samos, creador de una «escuela pitagórica» regida por las mismas leyes que si de una religión se tratara; o si no mencionáramos a Heráclito de Efeso, llamado el «oscuro» por la profundidad de su pensamiento filosófico, lleno de intuiciones geniales.

LA FÁBULA CLÁSICA, ORIGEN DE UNA LARGA TRADICIÓN LITERARIA

Aproximaciones a una definición de la fábula

Algo aparentemente tan sencillo como definir una fábula puede resultar de una gran complejidad si queremos, por una parte, que la definición abarque todos los tipos posibles de fábulas y, por otra parte, deslindar claramente las fronteras entre este género y otros afines, como el apólogo o el proverbio, el cuento, la leyenda o el

---

[3] PLUTARCO, en el diálogo *Sobre los oráculos de la Pitonisa*.

mito. Y prueba de que no es tarea sencilla es que el género fabulístico ha sido objeto de definiciones, a veces contradictorias, ya desde los tiempos de Aristóteles.

Una cosa sí es cierta y es que muy pocos géneros presentan una tan gran continuidad histórica como la fábula: desde Mesopotamia, pasando por la India, Grecia, Roma, hasta las más recientes manifestaciones de la literatura inglesa, francesa, española, la fábula ha constituido el molde en el que se han vertido las más variadas filosofías, teorías literarias o concepciones de la vida. Pero, dentro de esta extraordinaria variedad, a lo largo de los siglos y del espacio, hay algo común, específico, que caracteriza a la fábula como género literario. Esto es lo que ahora pretendemos demostrar.

Una primera característica, en la que coinciden todos los autores que, desde Aristóteles, han intentado definir la fábula, es la de su carácter didáctico, moralizante. La fábula es, para Aristóteles, y este mismo criterio se mantuvo hasta el siglo XVIII, siglo del resurgir del género, un instrumento de persuasión, de exhortación hacia una determinada conducta. «La fábula en su origen —dice Perry, uno de los más importantes estudiosos del tema[4]— no es una forma literaria independiente... sino tan sólo un medio retórico, un nuevo instrumento.» Esta concepción de la fábula como un subgénero de la poesía, como un instrumento al servicio de la didáctica, ha pesado negativamente sobre la fábula hasta que las *Poéticas* del siglo XVIII la recuperaron para la literatura, reivindicando sus valores poéticos.

Una segunda característica de las fábulas sería su carácter alegórico. La historia fantástica que la fábula nos relata no tiene valor en sí misma, sino en la medida en que puede trasponerse alegóricamente al mundo real y servir para comprenderlo. Este es un rasgo importante para diferenciar la fábula del cuento o relato fantástico; en el caso de este último la realidad inventada que nos presenta es válida en sí misma y nos invita a la evasión hacia otros mundos sustitutivos del que nos rodea; en el caso de la fábula, por el contrario, no se persigue de ninguna manera la evasión, sino, por el contrario, el acercamiento eficaz a la realidad. Esto explica el que los personajes, generalmente animales, de la fábula aparezcan

---

[4]   B. E. PERRY ha dedicado numerosas obras al estudio de las fábulas griegas en general y, en particular, de las esópicas. Sobre su versión de las fábulas de Esopo *(Aesópica I)* se han preparado las últimas y más completas versiones en castellano de Esopo.

humanizados, para ayudar mejor a esta trasposición mecánica entre ficción y realidad.

Una tercera característica de la fábula sería su carácter dramático: la acción es un elemento fundamental. Se trata casi siempre de una acción concreta, de unos personajes concretos, pero que, como ya hemos dicho, tiene un valor universal, puede generalizarse a otro tipo de acciones, de conductas.

Una cuarta y fundamental característica es la intencionalidad moral de la fábula, en cuanto que en toda fábula se evalúa la conducta que se acaba de referir, y esta evaluación constituye la verdadera finalidad del relato. El mensaje moralizante de la fábula puede presentarse a modo de prólogo de la acción, y entonces recibe el nombre de protimio, o como conclusión de la acción relatada, y entonces se llama epitimio. «Si se quisiera señalar los rasgos que unifican, en cuanto a su intención, la mayoría de las fábulas, habría que referirse al de la naturaleza y al de la crítica o burla del que actúa contra ella. Hay una manera de ser de las cosas, simbolizada por el mundo animal, humano y divino presentados en la fábula: el que se obstina en obrar contra ella sufre las consecuencias y ha de lamentarse o resignarse a ser objeto de sátira; o, simplemente, es muerto y sufre desgracia.»[5] Esta evaluación implícita o explícita de una conducta se ha mantenido como rasgo definitorio de la fábula hasta sus ejemplos más recientes.

Una quinta característica sería su brevedad y concisión. La estructura lógica y narrativa de la fábula es de una extraordinaria sencillez y precisión: a) planteamiento de la acción, que consiste en la presentación de los personajes y en la formulación del conflicto que les enfrenta; b) acción o actuación de los personajes, concretada a un determinado caso en una determinada situación; c) conclusión o evaluación del tipo de conducta desarrollada, que se presenta como positiva o negativa, con una exhortación implícita o explícita a imitarla o evitarla. Esta sencilla estructura se presenta, además, en las fábulas clásicas griegas, con una gran concisión, en un estilo que evita adjetivos, descripciones no imprescindibles o cualquier tipo de adorno superfluo.

---

[5] F. RODRÍGUEZ ADRADOS, *op. cit.*, pág. 51.

Por último, una característica bastante generalizada, aunque no excluyente, es la de que los protagonistas de la fábula sean animales. Aunque al principio no fue siempre así, es cierto que poco a poco las fábulas pasaron a ser protagonizadas exclusivamente por animales. Ya veremos más adelante, refiriéndonos concretamente a las fábulas esópicas, las características especiales de este mundo animal y su valor referenciado al mundo humano.

Podríamos ya, sin pretender ser exhaustivos ni excesivamente académicos, intentar definir la fábula y, más concretamente, la fábula esópica, como narraciones breves, concisas, en prosa, que pretenden, por medio del relato de la acción de unos personajes cuya conducta se valora, ofrecer una lección moral. Esta lección se da por sobreentendida o se formula expresamente a través de la moraleja. Dicho de otro modo: la fábula es la expresión de una máxima de conducta ejemplificada por medio de una breve historia.

Tipos de fábulas

En sus estudios sobre la fábula clásica el profesor Rodríguez Adrados distingue dos tipos fundamentales de fábulas. El primero sería el que él llama fábulas etiológicas: «Lo que más llama la atención en la fábula etiológica es que puede referirse a un solo personaje. Sus rasgos físicos extraños, o su conducta, también extraña, se explican simplemente por algo que realizó en fecha remota; o también por un don o un castigo de un dios, Zeus generalmente [...]. Otro rasgo de las fábulas etiológicas es que representan una explicación de la realidad, no ejemplifican una conducta que hay que seguir.»[6]

Un ejemplo característico de este tipo de fábulas sería, en Esopo, «Los cuadrúpedos y las aves»:

Los cuadrúpedos y las aves, que estaban en continua guerra, se dieron una batalla, durante la cual el murciélago, temiendo el éxito de ella, y viendo que los cuadrúpedos eran más poderosos, desertó de las aves y se pasó a los enemigos. Pero, llegando el águila poco después, esforzó de tal manera a las aves, que peleando con mayor esfuerzo, vencieron a los cuadrúpedos. Finalmente se hicieron las paces y todos condenaron al murciélago a quitarle las plumas en castigo

---

[6]   F. RODRÍGUEZ ADRADOS, *op. cit.,* pág. 163.

de su perfidia; y le prohibieron que jamás se presentase a su vista; por cuya razón el murciélago nunca sale de día sino de noche.»

El segundo tipo de fábula es siguiendo la misma clasificación, el de las fábulas agonales. «Las fábulas que llamamos agonales, en cambio, presentan un tipo principal en el que hay realmente un enfrentamiento, de palabra o de acción, o ambas cosas a la vez, entre dos protagonistas; o, si se quiere, entre el protagonista y el antagonista. En realidad comportan generalmente una presentación de la situación y un conflicto o agón con una intervención de cada uno de los dos personajes enfrentados.»[7]

Un ejemplo característico de fábula agonal puede ser, en Esopo, «El hombre y la culebra»:

«Durante los fríos y heladas del invierno, un buen hombre, movido de piedad, acogió en su casa una culebra, y la cuidó y mantuvo todo aquel tiempo; pero viniendo el verano, reanimándose con el calor la culebra, se volvió contra el hombre; el cual, viendo su ingratitud, le dijo que se fuese en buena hora de su casa; pero la culebra, en lugar de obedecer, se levantó para morderle.

Esta fábula muestra que los ingratos y los malos, mientras más beneficios reciben, más se animan a hacer el mal a quien se los hace.»

A modo de ejemplo, podemos analizar la estructura de esta fábula, que se repite en todas las fábulas agonales, tanto esópicas como de otros autores:

a)   Situación: Un caminante encuentra una víbora muerta de frío.

b)   Agón: La recoge y la cobija en su regazo pero la víbora, animada por el calor, muerde a su protector, que muere.

c)   Conclusión: No se debe ayudar a quienes, lejos de agradecerlo, se volverán contra su bienhechor.

Podría establecerse otro criterio de clasificación, basado en el carácter de la conclusión, encerrada en el epitimio.

---

[7]   F. Rodríguez Adrados, *op. cit.,* pág. 49.

Existen, según este criterio de clasificación, fábulas negativas, que desaconsejan una determinada acción; y fábulas positivas, que exhortan hacia un determinado tipo de conducta. Éstas, las positivas, son mucho menos frecuentes que las negativas. Veamos un ejemplo, en Esopo, de cada uno de estos tipos de fábulas.

Fábula de conclusión negativa:

«La zorra y las uvas»

«Viendo una zorra unos hermosos racimos de uvas ya maduros, deseosa de comerlos, buscaba medio para alcanzarlos, pero no siéndole posible de ningún modo, y viendo frustrado su deseo, dijo para consolarse: estas uvas no están maduras. Da a entender esta fábula que a veces se manifiesta no apetecer lo que se ve imposible de conseguir.»

Fábula de conclusión positiva:

«El labrador y sus hijos»

«Estando un labrador muy cercano a la muerte, llamó a sus hijos, y les dijo: Hijos míos, antes que yo muera deseo instruiros en todo, y por tanto os digo que dejo cuantos bienes poseo en nuestra viña; y así cuando quisiereis partirlos entre vosotros, buscadlos en ella y allí los hallaréis. Después de haber fallecido el padre, se fueron ellos a la viña a buscar los bienes que les había dicho, y creyendo hallar un tesoro, cavaron la viña con mucho afán, y no hallaron el tesoro que creían, pero como la viña fue muy bien cavada, dio mucho fruto aquel año; al partirlos los hijos entre sí, dijo uno de ellos: "Los frutos de la viña son, sin duda, el tesoro que nuestro padre nos ha dejado."
El trabajo es el verdadero tesoro del hombre.»

La transmisión de las fábulas clásicas

Ninguna de las fábulas de la época arcaica o clásica han llegado hasta nosotros en su versión original. No debemos olvidar que, sobre todo en el caso de las fábulas más antiguas, muchas de ellas ni siquiera estaban escritas, sino que se transmitían oralmente. Y, aunque la transmisión fuera escrita, todo copista posterior se sentía con pleno derecho a manipular el texto, añadiendo, generalmente, elementos nuevos, que modificaban la estructura primitiva de la fábula. Para entender este fenómeno debe tenerse en cuenta que las primeras manifestaciones literarias no eran «de autor», sino «colectivas», y cuando un texto puede atribuirse, con suficientes bases de credibilidad a un autor, como es el caso de Esopo y sus fábulas, este autor se limitaba, en una gran parte de los casos, a recoger y dar expresión literaria a relatos que circulaban libremente.

Las primeras colecciones escritas de fábulas griegas que nos han llegado datan de la época helenística, de los siglos IV o V d. C., y, naturalmente, no están ya escritas en la antigua prosa jónica, en la que fueron concebidas, sino en la lengua común de los griegos del Imperio, en la koiné.

Podría intentarse seguir el proceso de transmisión de la fábula clásica a partir de las diversas colecciones que hasta nosotros han llegado. Ha de señalarse, en primer lugar, que este género fabulístico, con las características que antes hemos intentado definir, no es creación de esta época, ni siquiera creación griega. Existe una importante tradición fabulística india, muchos de cuyos temas coinciden con los de las fábulas griegas. Por este motivo, muchos estudiosos del género fabulístico (Nojgaard, Perry, Chambry) piensan que tanto la fábula griega como la india proceden de un tronco común, la fábula mesopotámica, de la que heredan los rasgos más definitorios del género, así como la inmensa mayoría de los temas. Esto explicaría, por ejemplo, que en las fábulas griegas aparecieran personajes tan ajenos a su medio como el elefante, el león o el cocodrilo.

Los estudiosos de la fábula clásica se refieren siempre a tres colecciones fundamentales, la Augustana, la Vindobonensis y la Accursiana.

LA COLECCIÓN AUGUSTANA

La más antigua de las colecciones de fábulas que han llegado hasta nosotros es la colección Augustana. Con sus doscientas treinta y dos fábulas es también la colección más extensa. Aunque la colección augustana se conocía ya en Europa a través de un códice del siglo XIV, no fue bien estudiada hasta que en este siglo XXI fue objeto de una cuidadosa edición de E. Chambry, en 1925. A partir de esta edición se han multiplicado los estudios sobre la colección Augustana, en un intento de datarla: «Fechar una colección de fábulas no es fácil. Más exactamente, no hay nada en la Augustana que haya que fechar en época más reciente que la helenística. La inmensa mayoría de las fábulas no ofrecen datos locales ni alusiones fechables; cuando las hay, se refieren a Atenas o pueden colocarse en varios lugares del mundo griego, sobre todo Egipto, en la edad helenística. Se habla de Démades, de Diógenes, del Nilo, de un esclavo etíope, de algunos animales de la fauna africana y asiática, de los magos o charlatanes ambulantes, la diosa Fortuna, etc., pero todo esto nos da, cuanto más, un *terminus post quem:* la Augustana ha adquirido, sin duda, su forma definitiva en la Edad helenística.»[8]

Según estas consideraciones, la colección Augustana podría fecharse en torno a los siglos IV o V d. C. La colección Augustana es, por otra parte, la más próxima al arquetipo de la fábula griega antigua: presentación de los personajes —generalmente dos— en un lugar y en una determinada situación; planteamiento del conflicto entre protagonista y antagonista; solución final, con su moraleja, que suele expresarse a través de las palabras de uno de los protagonistas. Como más adelante veremos, de esta colección proceden la inmensa mayoría de las fábulas que se atribuyen a Esopo.

Colecciones bizantinas

De la época bizantina nos han llegado otras dos colecciones de fábulas griegas que, en su mayor parte, proceden de la Augustana, aunque cuentan con un número menor de apólogos.

La colección Vindobonensis pertenece a la primera época bizantina y podríamos fecharla hacia el siglo VI. En ella el lenguaje ha perdido la concisión de la colección Augustana y se halla invadido por vulgarismos, con tendencia a una mayor prolijidad y profusión en el lenguaje y a una sintaxis en muchos casos incorrecta.

La colección Accursiana, inspirada en la anterior, es más tardía. Los críticos que la han estudiado (A. Hausrath, P. Marc, B. E. Perry, R. Adrados) especulan con dos posibles fechas, sin llegar a un acuerdo: la colección Accursiana puede pertenecer a uno de los dos momentos del resurgir cultural bizantino, el siglo IX o el siglo XIV.

---

[8] F. Rodríguez Adrados, *op. cit.,* pág. 74.

⤳ Esopo ⤶

Las fábulas clásicas y su influencia posterior

No es la primera vez que en este prólogo afirmamos que el principal mérito de la fábula griega es el haber supuesto el comienzo de una larga tradición, que se prolongaría hasta épocas recientes. Y a Esopo le corresponde, precisamente, el honor de haber sido, si no el creador, sí el cristalizador del género. Después de él, la fábula de tipo esópico fue cultivada por el también griego Babrio, que vivió en el siglo III, y por los latinos Aviano y Fedro, para limitarnos a los nombres más conocidos de la Antigüedad.

En la Edad Media este tipo de literatura tuvo un nuevo renacimiento, que se tradujo en la aparición de fábulas o apólogos, en verso o en prosa, con intención casi siempre moralizante y ciertos rasgos de comicidad. En muchos de estos apólogos o fábulas se observa, además de la influencia clásica, una cierta influencia oriental, que llegó a España a través de las versiones de Alfonso X el Sabio, del *Calila e Dimna* y del *Sendebar*.

Dentro de esta tradición narrativa de nuestra Edad Media debemos citar el *Libro de Patronio* o *El Conde Lucanor,* del infante don Juan Manuel, libro formado por cincuenta y un ejemplos, constituidos por relatos de temas muy variados, que acababan en una moraleja formulada en versos pareados; se trata de cuentos ejemplares que un preceptor, Patronio, cuenta al joven príncipe Lucanor, como respuesta a sus preguntas. Muchos de los argumentos del libro de don Juan Manuel proceden de las fábulas esópicas y se repetirán después en La Fontaine o en Samaniego.

Otro autor medieval que prolonga el género del apólogo moralizante es el Arcipreste de Hita, a quien algunos críticos literarios consideran como nuestro primer fabulista en verso. En el *Libro del Buen Amor,* también llamado *Trovas e cuento rimado,* el Arcipreste trata de moralizar y, sobre todo, de divertir, recurriendo también él a cuentos y proverbios de la tradición clásica y árabe.

Dejando a un lado las breves manifestaciones fabulísticas del Renacimiento (Cervantes y Lope de Vega, en España) llegamos al segundo gran período del resurgir del género de la fábula: los siglos XVII-XVIII. Y así tenía que ser: una época tan fundamentalmente didáctica y moralizante había necesariamente de encontrar en la fábula un molde perfecto para transmitir su mensaje. Y así La Fontaine, en Francia; Gay, en Inglaterra; Samaniego e Iriarte en España retoman los temas y la forma de las fábulas clásicas y los adaptan a la nueva estética del siglo.

LAS FÁBULAS DE ESOPO

Su transmisión

Aunque el género de la fábula estaba ya atestiguado en Grecia antes que Esopo (Hesíodo, en el siglo VIII, cuenta la fábula de «El halcón y el ruiseñor»[9]) la verdadera tarea y el principal mérito de Esopo estriba en haber creado el molde definitivo de la fábula clásica y en haber recogido todos los temas que, desperdigados, circulaban por Grecia desde hacía siglos.

No existe una obra, un libro en el sentido convencional, que pueda atribuirse a Esopo y en el que figuren todas sus fábulas y nada más que sus fábulas. Ya hemos indicado que la primera colección escrita que se conserva es la Augustana, que data del siglo IV o V d. C. y que no recoge concretamente las fábulas de Esopo, aunque sí las fábulas esópicas, es decir, al modo de Esopo.

Parece que antes de esta colección existió otra recopilación de fábulas, que no nos ha llegado, obra de Demetrio de Falero, escrita en torno al 300 a. C. Demetrio de Falero, filósofo, poeta y maestro de retórica, se limitó a recoger las fábulas de la literatura anterior, en su mayor parte atribuibles a Esopo, y a presentarlas, todas juntas, en una colección que más tarde se perdió: parece muy probable, en cualquier caso, que la colección de Demetrio de Falero sirviera para las posteriores recopilaciones de fábulas, como la Augustana, la Vinbonensis y la Accursiana, y este hecho explicaría la gran semejanza que existe entre todas ellas.

Las fábulas esópicas han tenido, en su divulgación y transmisión, una historia larga y complicada. La primera edición en lengua vulgar fue la que hizo en Ulm, hacia 1480, el médico alemán Enrique Steinhowel, en versión latina acompañada de una traducción al alemán. La obra, adornada con múltiples xilografías, incluye también una versión en alemán y latín de la *Vida de Esopo,* atribuida a Planudio.

A partir de esta edición se hicieron las versiones francesas, castellana, inglesa, holandesa y catalana de las fábulas esópicas.

---

[9] HESÍODO, *Los trabajos y los días.*

La primera edición francesa apareció en Lyon, hacia 1480, y su autor fue Julian Machault. La primera versión inglesa, obra de Caxton, apareció en 1483 y la versión holandesa en 1485. La versión castellana, traducida directamente del alemán, fue impresa en Zaragoza, en 1489, por John Hurus. En este mismo siglo se hicieron otras ediciones en Tolosa y en Burgos. La primera versión catalana que se conserva, con el título de *Libre del savi he clarissim fabulador Ysop,* es de 1550.

A partir del siglo XIX estas ediciones fueron criticadas, pues parecía difícil distinguir en ellas lo que realmente correspondía a Esopo y lo que se había tomado de otras fuentes de la tradición fabulística antigua. Las ediciones actuales más serias y documentadas son las realizadas por E. Chambry en París, A. Hausrat en Leipzig y B. E. Perry en Londres. Las tres consideran como cuerpo fundamental para una reconstrucción de las fábulas esópicas la colección Augustana, recurriendo a las otras para completar algún tema que falta en la primera.

Temas y personajes

Los temas de las fábulas esópicas son temas directamente vinculados con la realidad, y la lección moral que de ellos se extrae es también una moral realista: en la vida, en la naturaleza, triunfa la fuerza, y si no se tiene fuerza, hay que suplirla con la inteligencia, con la astucia, o con ambas a la vez. La mayoría de los temas de las fábulas consisten en ejemplificación de situaciones en las que se pone de manifiesto la necedad, la ambición, la vanidad, la envidia, el valor de la amistad, de la previsión, de la correcta utilización de las propias cualidades, etc. Lo que tiene verdadero valor no es tanto el tema en sí mismo, sino la situación de conflicto que se crea, la dramatización de la moraleja, como ya hemos dicho en algún otro momento del prólogo, que por su fuerza y su intensidad, ha mantenido su validez durante siglos.

El lugar en el que sucede la anécdota relatada, el espacio, es único en cada fábula, y casi siempre es el campo, aunque hay fábulas cuya acción transcurre en una casa, en un taller, incluso en el Olimpo... Y se trata de un espacio «desnudo», por así decir, en el que no hay más elementos que los imprescindibles para el desarrollo escueto de la acción. En esta misma economía de medios expresivos, tampoco aparecen otro tipo de determinaciones, como la época del año en que sucede, el estado del tiempo, la descripción de un paisaje; sólo cuando alguno de estos datos son fundamentales para la comprensión de la trama —como la indicación de que «era invierno» en la fábula de «El caminante y la víbora»— aparecen en el relato.

En lo que se refiere a los protagonistas, la gran mayoría son animales, hasta el punto de que, como hemos señalado, se ha producido una identificación posterior entre fábula/animal. Algunos animales son comunes, como el águila, la zorra, el buitre, la víbora, la serpiente, el cordero, la paloma, la golondrina, el león; otros son animales más exóticos, procedentes de otros escenarios, como el cocodrilo o el camello.

Otro grupo de protagonistas está integrado por hombres. Se trata generalmente de personas relacionadas con actividades agrarias: campesinos, leñadores, pescadores, pastores. Y un último grupo de protagonistas, mucho más reducido aún, es el de los dioses y héroes. Si hiciéramos un recuento matemático, nos daríamos cuenta de que de las doscientas setenta y tres fábulas que pueden atribuirse a Esopo, ciento cincuenta y seis están protagonizadas sólo por animales o animales y plantas; cuarenta y seis por hombres y animales; treinta y tres sólo por hombres, y treinta y ocho por divinidades y héroes.

Cada uno de estos animales es el símbolo de un determinado carácter peculiar de los hombres: el poder está representado por el león, el águila o el halcón; la traición, por la serpiente; la maldad, por el lobo; la necedad, por el ciervo; la debilidad, por el ratón o el escarabajo; la astucia, por la zorra; la vanidad, por la mona... Se trata, además, es importante constatarlo, de rasgos de carácter fijos, arquetípicos, que no pueden transformarse en el transcurso de la acción, sino sólo manifestarse.

El valor moral

Precisamente ese carácter inmodificable, dado de una vez para siempre, de los animales que protagonizan la fábula define una de las características fundamentales de la lección moral que la fábula quiere impartir: la adecuación de la propia conducta a la realidad, para recibir de ésta el mayor bien posible o, al menos, el menor mal.

Reproducimos a continuación la fábula «El lobo y la cabra», como ejemplo significativo de este tipo de moral:

«Un lobo, que vio a una cabra pacer al borde de un barranco, como no podía llegar hasta ella, le pidió que bajara para que no se cayera en un descuido, afirmando que era mejor el prado en que él se encontraba, porque allí la hierba era mucho más abundante. La cabra le respondió: "No me llamas a mí para que coma, sino porque eres tú el que no tiene que comer."

De igual modo, los malvados, cuando quieren usar su maldad contra quienes los conocen, inútiles resultan sus argucias.»

En esta fábula están todos los elementos del mensaje esópico: astucia frente a maldad, recurso al engaño, triunfo del débil cuando es juicioso y valora a su enemigo...

La prudencia y la moderación serían las virtudes supremas de la moral esópica; aunque no falten consejos menos elevados, como la exhortación a utilizar la astucia para aprovecharse de la estupidez ajena. Según algunos críticos, el carácter popular, pragmático de la moral esópica se debería a que son consejos destinados al pueblo, a los débiles en su lucha contra los poderosos. Es indudable que, como trasfondo histórico de esta peculiar concepción de la vida, está la realidad sociopolítica de la Grecia preclásica. Y todo ello se traduce en un cierto tono de dureza, de amargura y de cinismo, presente en todas las fábulas de Esopo y dulcificado en sus imitadores de siglos posteriores.

Fábulas
de
Esopo

1

La cigarra y la hormiga

Un buen día de invierno, una hormiga estaba atareada secando su reserva de maíz, que se había mojado durante un largo chubasco. Entonces, apareció una cigarra y le suplicó que le diera algunos granos.

—Me muero de hambre —confesó.

La hormiga dejó de trabajar durante un momento, aunque aquello iba en contra de sus principios.

—¿Puedo preguntarte —dijo— qué hiciste el verano pasado? ¿Por qué no recogiste una reserva de comida para el invierno?

—Lo cierto es que estuve tan ocupada cantando que no tuve tiempo.

La cigarra y la hormiga

—Si te pasas el verano cantando —contestó la hormiga—, lo mejor que puedes hacer es pasarte el invierno bailando.

Se echó a reír y siguió con su trabajo.

Debe el hombre imitar a la hormiga. Esto es, debe trabajar a su tiempo, para que no le falte de comer en adelante, pues el descuidado siempre está menesteroso.

2

La gata y los ratones

Érase una vez una casa infestada de ratones. Al enterarse una gata, se dijo a sí misma: «Ese es mi lugar». Allá se fue y se apostó cerca de la casa, desde donde atrapaba a los ratones uno a uno y se los comía. Al final, los ratones no lo soportaron más, por lo que decidieron meterse en su ratonera y permanecer allí. «Qué raro», se dijo la gata. «Lo único que hay que hacer es obligarlos a caer en una trampa». Lo pensó durante un tiempo antes de subirse a un muro, colgarse de un gancho por las patas traseras y fingir que estaba muerta. Más tarde, un ratón se asomó y vio a la gata allí colgada.

—¡Ajá! —exclamó—. Es muy lista, señora, sin duda, pero, si quiere, puede convertirse en un saco de carne ahí colgada; no nos pillará porque no nos acercaremos a usted.

Si eres lo bastante inteligente, el aire inocente de quien en el pasado consideraste un peligro no te engañará.

3

La gallina de los huevos de oro

Un hombre y su mujer tenían la suerte de tener una gallina que ponía un huevo de oro cada día. A pesar de lo afortunados que eran, pronto empezaron a pensar que no se estaban haciendo ricos lo bastantemente rápido y, al imaginar que el ave debía estar hecha de oro por dentro, decidieron matarla con el fin de asegurarse enseguida una provisión completa del metal precioso. Sin embargo, cuando la abrieron, descubrieron que era igual que cualquier otra gallina. De este modo, ni se volvieron ricos al instante como habían esperado ni pudieron seguir disfrutando del incremento diario en sus riquezas.

Quien todo lo quiere todo lo pierde.

4
El Sol y el ladrón

Buscándole mujer a cierto ladrón sus amigos para que tuviese hijos, un sabio contó esta fábula. En una ocasión el Sol quiso tomar esposa, por lo cual, alarmadas todas las naciones, queriéndolo estorbar, acudieron a Júpiter diciendo que no debía casarse el Sol, porque sería gran perjuicio para todos. Júpiter, movido a compasión, les preguntó en qué se fundaban para creer se les causase en aquello daño; pero ellos le respondieron:

—Ahora no tenemos más que un Sol, y él sólo con su calor nos molesta y enoja tanto que casi nos quema; pues si es así ahora, ¿cómo lo podríamos aguantar si tuviese hijos?

Demuestra esta fábula que el mal no debe aumentarse, sino disminuirse.

5
El carbonero y el lavandero

Érase una vez un carbonero que vivía y trabajaba solo. No obstante, un batanero apareció y se asentó en el mismo barrio. El primero, tras conocerlo y descubrir que era un tipo agradable, le preguntó si le gustaría que compartieran casa:

—Así nos conoceremos mejor —dijo—. Además, reduciremos los gastos domésticos.

El batanero le dio las gracias, pero contestó:

—Ni pensarlo, señor. Todo aquello que me esfuerzo en blanquear se volverá negro al instante por culpa de su carbón.

6

La zorra y las uvas

Una zorra hambrienta vio unos racimos de deliciosas uvas colgados de una parra que se extendía por un alto enrejado. Se esforzó al máximo por alcanzarlos, saltando todo lo posible. Sin embargo, fue en vano porque se encontraban fuera de su alcance. Por eso, se rindió y se alejó con aspecto indiferente y digno tras comentar:

—Pensaba que esas uvas estaban maduras, pero me acabo de dar cuenta de que están agrias.

Da a entender esta fábula que a veces se manifiesta no apetecer lo que se ve imposible de conseguir.

La zorra y las uvas

7

Las dos perras

Estando una perra para parir, y no teniendo lugar en que hacerlo, logró a fuerza de súplicas que otra amiga suya la dejase parir en su cama. Estando ya buena y fuerte, la otra, de quien era la cama, le dijo que pues había ya parido, y estaba en buena disposición para poderse ir con sus hijos, que se fuese en buena hora, pero ella le respondió que no quería; y como la otra le pidiese con más ahínco que saliese la parida, no solamente se negó a ello, sino que la amenazó con sus dientes y con los de sus hijos.

Esta fábula advierte que se debe ser muy cauto en ceder a los ruegos de otro en cosas importantes, pues muchas veces, los que solicitan como débiles imponen la ley cuando se ven fuertes.

8

Los ratones del consejo

Había una vez unos ratones que se reunieron para organizar un consejo y hablar de la mejor forma de protegerse contra los ataques de la gata. Tras debatir varias propuestas, un ratón de cierto prestigio y experiencia se levantó y dijo:

—Creo que he ideado un plan que, si lo aprobáis y lo llevamos adelante, garantizará nuestra seguridad en el futuro. Deberíamos colocarle un cascabel en torno al cuello a nuestra enemiga, la gata, que tintinee para avisarnos de que se acerca.

Esta propuesta recibió un cálido aplauso y ya se había decidido adoptar cuando un ratón anciano se puso en pie y dijo:

—Estoy de acuerdo con vosotros en que el plan es admirable. Sin embargo, me gustaría preguntar: ¿Quién va a ponerle el cascabel a la gata?

El zorro y el cuervo

9

El zorro y el cuervo

Un cuervo estaba posado en la rama de un árbol con un trozo de queso en el pico. Entonces, un zorro lo vio y decidió estrujarse el cerebro hasta descubrir una manera de conseguir el queso. Se acercó al árbol y permaneció allí, mirando hacia arriba, antes de decir:

—¡Vaya ave tan noble veo en esa rama! Su belleza no tiene comparación, la tonalidad de sus plumas es exquisita. Si su voz es tan dulce como bonito es su aspecto, sin duda debe ser el rey de los pájaros.

El cuervo, halagado por sus palabras, quiso mostrarle al zorro lo bien que cantaba, por lo que soltó un fuerte graznido. Por supuesto, el queso cayó al suelo y el zorro, tras atraparlo, dijo:

—Señor, ya veo que tiene voz, pero quizás le falte ingenio.

Enseña esta fábula que no se deben oír ni creer las engañosas adulaciones, porque la vana alabanza trae fatales resultados. El que lisonjea seguramente quiere engañar.

10

El león, la vaca, la cabra y la oveja

Una vaca, una cabra y una oveja habían hecho compañía con un león, y andando por las sierras, pillaron un ciervo. Partiéndolo en cuatro partes, y queriendo cada uno tomar la suya, dijo el león: La primera parte es mía, pues me toca como a león; la segunda me pertenece, porque soy más fuerte que vosotros; la tercera me la tomo, porque trabajé más que todos, y quien tocare la cuarta, me tendrá por su enemigo: de modo que tomó todo el ciervo para sí.

Esta fábula advierte que no se debe hacer compañía con los poderosos, porque el trabajo es para los más débiles y el provecho para aquellos.

∽ Esopo ∽

11

El perro con campanilla

Érase una vez un perro que solía ladrar y morder a las personas, aunque estas no lo provocaran. Era una gran molestia para todos los que iban a la casa de su dueño. Por eso, este le colocó una campanilla en torno al cuello para avisar a los demás de su presencia. El perro estaba muy orgulloso de la campanilla y se pavoneaba, haciéndola sonar con una inmensa satisfacción. Sin embargo, un perro anciano se acercó a él y le dijo:

—Cuantos menos aires de importancia te des, mejor, amigo mío. No pensarás que te han puesto esa campanilla como recompensa por tus méritos, ¿verdad? Al contrario, es una insignia deshonrosa.

A menudo la mala reputación se confunde con la fama.

12

El asno y los caminantes

Dos hombres que caminaban por un lugar desierto, encontraron casualmente un asno, y queriendo cada uno de ellos apropiárselo, el asno se quitó del medio mientras altercaban, de manera que ambos se quedaron sin él.

Algunos, por no saberse aprovechar de las cosas que les ofrece la suerte, las pierden.

13

El murciélago y las comadrejas

Un murciélago cayó al suelo y una comadreja lo atrapó. Lo iba a matar para comérselo cuando el primero le suplicó que lo dejara marchar. La comadreja le dijo que no podía hacerlo porque, por principios, era enemiga de todos los pájaros.

—Ah, pero yo no soy un pájaro —anunció el murciélago—. Soy un ratón.

—Ahora que te miro con atención —contestó la comadreja—, veo que es cierto.

Y lo dejó ir.

Un tiempo después, otra comadreja atrapó de la misma manera al murciélago y él, como antes, le suplicó que le perdonara la vida.

—No —respondió la comadreja—. Por nada en el mundo dejaría libre a un ratón.

—Pero no soy un ratón —replicó el murciélago—. Soy un pájaro.

—Es cierto —dijo la comadreja y también dejó ir al murciélago.

Observa y mira en qué dirección sopla el viento antes de comprometerte.

14

La anciana y el médico

Una anciana se quedó casi ciega debido a una enfermedad en los ojos. Tras consultar a un doctor, llegó con él a un acuerdo, delante de testigos, por el que le pagaría una tarifa elevada si la curaba, pero por el que no recibiría nada si fracasaba. Así, el médico le prescribió un tratamiento. Cada vez que la visitaba, se llevaba consigo un objeto de la casa hasta que, al final, cuando la visitó por última vez y la cura se completó, no le quedaba nada. Cuando la anciana vio la casa vacía, se negó a pagarle. Tras varias negativas por su parte, el doctor la denunció ante los jueces para que pagara su deuda. Al presentarse ante el tribunal, la anciana había preparado su defensa:

—El demandante ha presentado correctamente los puntos de nuestro acuerdo. Acepté pagarle una tarifa si me curaba y él, a cambio, prometió no recibir nada si fracasaba. Ahora dice que estoy curada, pero yo le confirmo que estoy más ciega que nunca y voy a demostrarlo. Cuando tenía los ojos mal, veía lo bastante bien para ser consciente de que mi casa contenía cierta cantidad de muebles y otros objetos. Sin embargo, ahora que estoy curada, según él, no veo nada de nada.

El gato y los pájaros

15

El gato y los pájaros

Un gato oyó que los pájaros de un aviario estaban enfermos. De este modo, se disfrazó de doctor y, tras hacerse con un conjunto de instrumentos propios de la profesión, se presentó en la puerta y preguntó por la salud de los pájaros.

—Estaremos muy bien —contestaron sin dejarlo pasar— cuando te hayamos perdido de vista.

Quizás un villano se disfrace, pero no engañará a los sabios.

16

El águila, el caracol y la corneja

Un águila tomando en sus garras un caracol, remontó su vuelo con él, pero no podía comerlo, porque el caracol se encogía dentro. Entonces una corneja que la veía le dijo: Por cierto, muy buena cosa traes; mas si no usas de maña, no te aprovecharás de ella. El águila, prometiéndole parte de la caza, le rogó que le aconsejase, y la corneja le dijo: Vuela muy alto, y déjalo caer sobre una peña, y así se quebrará la cáscara, y comeremos la carne. El águila se remontó a gran altura y dejó caer el caracol, cuya concha se hizo pedazos; pero la corneja que se hallaba cercana se apoderó de la carne, dejando burlada al águila que no pudo acudir tan pronto.

No conviene dar crédito a cualquiera, y se debe examinar el consejo que da otro, pues es muy frecuente el aconsejar lo que conviene al que aconseja y no lo que conviene al aconsejado.

17

El lobo y el cordero

Un lobo se acercó a un cordero que se había apartado del rebaño y sintió cierto remordimiento ante la idea de arrebatarle la vida a una criatura tan indefensa sin excusa posible. Por eso, buscó algún agravio y dijo al final:

—El año pasado, sí, señor, me insultaste gravemente.

—Eso es imposible, señor —baló el cordero— porque aún no había nacido.

—Bueno —replicó el lobo—, te has alimentado de mis pastos.

—No puede ser —contestó el cordero— porque nunca he probado la hierba.

—Entonces, has bebido de mi manantial —insistió el lobo.

—Imposible, señor —dijo el cordero—. Nunca he bebido nada, excepto la leche de mi madre.

—Bueno, igualmente —respondió el lobo—, no me voy a ir de aquí sin mi cena.

Saltó sobre el cordero y lo devoró sin más preámbulos.

Esta fábula significa que con los malos y perversos de nada sirve la verdad ni la razón; ni vale otra cosa con ellos sino la fuerza.

18

El león, el jabalí, el toro y el asno

A un león ya viejo, estando enfermo, sin fuerzas y muy cercano a la muerte, se le acercó un puerco montés que lo odiaba, por haberle maltratado e injuriado alguna vez, y lo hirió en venganza. A poco de esto vino un toro, e hiriólo muy cruelmente con sus cuernos; y finalmente vino un asno, y diole un par de coces en la frente. Viendo esto el león, dijo suspirando:

—Cuando yo estaba bueno y era fuerte, todos me temían y honraban; de manera que mi fama espantaba a muchos; pero ahora todos se me atreven. Cuando mis fuerzas y poder perecieron, toda mi honra pereció con ello.

Amonesta Esopo con esta fábula que los que están en alguna dignidad sean buenos y benévolos, pues deben temer que puedan caer de ella; y si no tienen amigos, no hallarán quien los ayude, ante todos aquellos a quienes injuriaron, se vengarán de ellos, al verlos caídos.

19

El milano y su madre

Estando enfermo un milano largo tiempo había, sin esperanzas ya de vida, rogaba a su madre con lágrimas que hiciese votos a los dioses para alcanzar su salud. Pero la madre le respondió:

—Hijo, haré al momento eso que me ruegas, mas creo que nada adelantaré, porque tú has ensuciado los altares de los dioses y has robado hasta las víctimas de los sacrificios; por tanto, no creo que ellos se apiaden de ti ahora que pides salud.

Enseña esta fábula que el que ofende a la divinidad, no debe esperar que sus ruegos sean escuchados en la tribulación.

20

La zorra y el lobo

Un lobo había reunido muchas provisiones en su cueva para mantenerse y vivir a su placer por largos días. La zorra sabiendo esto se fue a la cueva del lobo, y con palabras muy afectuosas le dijo lo mucho que estimaba su amistad, y que deseaba en extremo estar en su compañía. El lobo, conociendo lo engañoso de estas palabras, le respondió: Tú no vienes a verme porque me estimes sino para ver si puedes agarrar algo de lo que tengo, y así no agradezco tu visita. La zorra entonces, para vengarse del lobo, fue en busca de un pastor y le descubrió el paraje donde el lobo vivía retirado, dirigiéndole ella misma a la cueva, y llegando a ésta el pastor mató al lobo a pedradas y a palos, y después mató también a la zorra, la cual al morir dijo:

—Con harta razón me sucede esto, pues procuré la muerte del lobo por envidia.

Perversa cosa es la envidia, pues casi siempre es tan fatal para el envidiado como para el envidioso.

21

El cuervo y la jarra

Un cuervo sediento encontró una jarra con algo de agua dentro. Sin embargo, era tan poca que, por más que lo intentó, no logró alcanzarla con el pico. Así, parecía que iba a morir de sed teniendo delante el remedio. Al final, se le ocurrió un plan muy astuto. Comenzó a soltar guijarros dentro de la jarra y, con cada uno, el agua subía un poco más hasta que, por fin, alcanzó el borde. El sabio pájaro pudo entonces saciar su sed.

La necesidad es la madre de la invención.

El cuervo y la jarra

22

El león y el ratón

Un león dormía en su guarida cuando lo despertó un ratón que corría por su cara. Al perder la paciencia, lo levantó con la pata. Estaba a punto de matarlo cuando el ratón, aterrado, le suplicó de forma conmovedora que le perdonara la vida.

—¡Por favor, déjame marchar! —exclamó—. Algún día te devolveré tu amabilidad.

La idea de que una criatura tan insignificante pudiera hacer algo por él divirtió tanto al león que se echó a reír y, bienhumorado, lo dejó marchar.

Sin embargo, después de todo, llegó la oportunidad del ratón. Un día, el león se enredó en una red que habían desplegado por diversión unos cazadores. El ratón se enteró, reconoció su rugido enfadado y corrió hacia el lugar. Sin más preámbulos, se dispuso a trabajar, mordisqueando la cuerda con los dientes. Pronto, logró liberar al león.

—Ahí lo tienes —dijo el ratón—. Te reíste de mí cuando te prometí que te devolvería el favor, pero ahora comprendes que incluso un ratón puede ayudar a un león.

Esta fábula manifiesta que no se debe menospreciar y dañar a los débiles, pues algunas veces acontece que su auxilio es sumamente indispensable aun para los más poderosos.

23

El pavo real y la grulla

Un pavo real provocó a una grulla por el tono apagado de su plumaje.

—Mira mis brillantes colores —dijo—. Son mucho más elegantes que los de tus pobres plumas.

—No voy a negar —replicó la grulla— que las tuyas son mucho más alegres que las mías. Sin embargo, cuando se trata de volar, puedo elevarme entre las nubes mientras que tú estás obligado a permanecer en el suelo como cualquier gallo de estercolero.

Cada cual tiene sus cualidades y sus perfecciones: el que carece de lo que tú posees, acaso tiene lo que a ti te falta.

24

La golondrina y las otras aves

Las aves veían sin recelo que los labradores sembraban lino en sus campos, pero la golondrina viendo esto las llamó a todas y les advirtió que aquello era gran mal para ellas, pues aquella semilla produciría lino con el cual harían los hombres redes y lazos para cogerlas y matarlas. Las aves, menospreciando sus palabras, no las atendieron aunque la golondrina las persuadía, con buenas razones, a que se cautelasen, pero viendo que nada les hacía fuerza, se entregó ella a los hombres, para poder vivir bajo su amparo en sus mismas casas. Las otras aves que no tomaron ninguna providencia viven siempre temerosas de caer en los lazos y redes.

Esto se dirige contra aquellos que quieren regirse por sus propias opiniones y no quieren seguir el buen consejo de otro.

25

El caballo y el mozo de cuadra

Había una vez un mozo que se pasaba horas cortando y peinando el pelo del caballo del que se encargaba. Sin embargo, día tras día robaba una porción de su ración de avena y la vendía para beneficio propio. El caballo se encontraba cada vez peor. Al final, le gritó al mozo:

—Si de verdad quieres que tenga un aspecto elegante y saludable, deberías peinarme menos y alimentarme más.

26

El derrochador y la golondrina

Un derrochador que se había gastado su fortuna y no le quedaba más que la ropa que llevaba puesta vio a una golondrina un buen día al inicio de la primavera. Pensó que había llegado el verano y que no necesitaría su abrigo, por lo que lo vendió por el precio que logró negociar. Sin embargo, se produjo un cambio en el tiempo y llegó una helada gélida que mató a la desgraciada golondrina. Cuando el derrochador vio su cadáver, exclamó:

—¡Maldito pájaro! Por tu culpa yo también me estoy muriendo de frío.

Una golondrina no hace verano.

27

El lobo y el busto

Un lobo halló un busto en el campo, que registró y olió, mas viendo que no tenía sentido, dijo:

—¡Bella imagen! ¡Qué lástima que no tengas cerebro!

Semejantes imágenes abundan por doquier, pues la hermosura sin prudencia es busto sin sentido.

28

La perra y la cerda

Una perra y una cerda estaban discutiendo porque ambas aseguraban que sus crías eran mejores que las de cualquier otro animal.

—Bueno —dijo la cerda al final—, pase lo que pase, las mías pueden ver cuando llegan al mundo mientras que las tuyas nacen ciegas.

El viento del Norte y el Sol

29

El viento del Norte y el Sol

Se produjo una discusión entre el viento del Norte y el Sol, ya que cada uno aseguraba que era más fuerte que el otro. Al final, acordaron poner en práctica sus poderes con un viajero para ver cuál de los dos conseguía que se quedara sin capa. El viento del Norte lo intentó primero. Reunió toda su fuerza para atacar, rodeó con ímpetu al hombre y se aferró a su capa como si fuera a arrancársela de un solo tirón. Sin embargo, cuanto más fuerte soplaba, más se ceñía el hombre la capa a su alrededor.

Entonces, le llegó el turno al Sol. Al principio, brilló con suavidad sobre el viajero, quien se desató la capa y caminó con ella colgada sobre los hombros. Entonces, brilló con toda su fuerza. El hombre, antes de haber dado demasiados pasos, se deshizo por voluntad propia de la capa y completó su viaje con menos ropa.

Más vale maña que fuerza.

30

Hermes y el leñador

Un leñador estaba talando un árbol en la orilla del río cuando, al rebotar contra el tronco, se le escapó el hacha de las manos y cayó al agua. Mientras permanecía cerca del cauce, lamentando su pérdida, se le apareció Hermes y le preguntó el motivo de su pena. Al saber lo que había ocurrido, sintiendo lástima por su inquietud, se sumergió en el río y sacó un hacha dorada antes de preguntarle si aquella era la que había perdido. El leñador contestó que no y Hermes se sumergió una segunda vez. Sacó un hacha plateada y volvió a preguntarle si era la suya.

—No, esa tampoco es mía —contestó el leñador.

De nuevo, Hermes se sumergió en el río y sacó el hacha perdida. El leñador estaba encantado al recuperar su posesión y le dio las gracias a su benefactor con calidez. Este estaba tan complacido con su sinceridad que le regaló las otras dos hachas.

Cuando el leñador les contó la historia a sus compañeros, uno hervía de envidia por su buena suerte y decidió probar fortuna él mismo. De este modo, fue a ese lugar y comenzó a talar un árbol cerca del río e hizo que el hacha se le cayera al agua. Hermes apareció, igual que antes y, al enterarse de que se le había caído el hacha, se sumergió y sacó el hacha dorada, como hizo anteriormente. Sin esperar a que le preguntara si era o no suya, el tipo gritó:

—¡Es la mía! ¡Es la mía! —Estiró la mano para recibir, con ganas, el premio.

Sin embargo, Hermes, asqueado por su deshonestidad, no sólo se negó a darle el hacha de oro, sino que también se negó a recuperar la que había permitido que cayera al arroyo.

La honestidad es la mejor política.

31

El león, la zorra y el asno

Un asno y una zorra se aliaron y salieron a buscar comida juntos. No habían avanzado mucho cuando les salió al paso un león, a quien ambos temían. Sin embargo, la zorra pensó haber encontrado la manera de salvarse el pellejo porque se acercó, valiente, al león y le susurró al oído:

—Conseguiré que te hagas con el asno sin que tengas que molestarte en acecharlo si me prometes que me dejarás libre.

El león estuvo de acuerdo. Entonces, la zorra se reunió de nuevo con su compañero, lo guió rápido hasta un hoyo escondido, que algún cazador había cavado como trampa para animales salvajes, y allí cayó. Entonces, cuando el león vio que el burro estaba atrapado y no podía escaparse, le prestó primero atención a la zorra y enseguida terminó con ella antes de proceder a deleitarse con el asno.

Traiciona a un amigo y a menudo descubrirás que ha sido tu ruina.

32

La puerca y el lobo

Estando una puerca con dolores de parto, vino a verla el lobo, y saludándola le dijo:

—Hermana, pare tranquilamente, pues por la amistad que tengo contigo, tendré gusto de servirte ahora. La puerca, conociendo al lobo, no creyó de sus palabras, ni quiso recibir su servicio; antes bien despidió al lobo con buenas palabras.

Quiere decir esta fábula que no se deben creer todas las palabras, porque en las expresiones afectuosas se oculta a veces una intención dañina.

33

La Luna y su madre

Una vez, la Luna le suplicó a su madre que le hiciera un vestido.

—¿Cómo? —contestó—. Ninguno te quedará bien porque unas veces eres luna nueva y otras, luna llena y, entre medias, no eres ni una ni otra.

34

El Sol y las ranas

Hace mucho tiempo, el Sol estaba buscando esposa. Las ranas, aterradas, elevaron sus voces al cielo y Zeus, molesto por el ruido, les preguntó por qué estaban croando. Ellas respondieron:

—El Sol ya es bastante malo, incluso soltero, porque nos seca los pantanos con su calor. ¿Qué va a ser de nosotras si se casa y tiene como descendencia otros soles?

35

El zorro y la cigüeña

El zorro y la cigüeña

Un zorro invitó a una cigüeña a una cena en la que el único plato que se ofreció fue un enorme bol de sopa. El zorro la lamió, deleitándose con ella, pero la cigüeña, con su largo pico, intentó en vano disfrutar de ese sabroso caldo. Su evidente inquietud provocó una gran diversión al taimado zorro.

Sin embargo, al poco tiempo, la cigüeña lo invitó a cenar y colocó ante él un jarrón con un cuello largo y estrecho en el que ella podía meter el pico con facilidad. De esta manera, disfrutó de la cena mientras el zorro permanecía allí sentado, impotente, porque era imposible para él alcanzar el tentador contenido del recipiente.

Cualquiera debe llevar con paciencia que se le trate como él ha tratado a otros, y así si el que engaña a otro fuere burlado, súfralo pacientemente.

El zorro y la cigüeña

36

El ladrón y el perro

Entrando un ladrón de noche en una casa, empezó a ladrar un perro que estaba en ella, y para hacerle callar, le echó un pedazo de pan. El perro le dijo entonces:

—¿Por qué me das este pan? ¿Me lo das de gracia o para engañarme y hacerme algún daño? Si tú matas a mi amo y a su familia, y robas todo lo que hay en casa, aunque ahora me das pan porque calle, después tendré que morir de hambre; y así más quiero ladrar y despertar toda la casa, y avisar que andan ladrones, que comerme el pan que me das.

Consideren esta fábula los que por un fútil beneficio, arriesgan la vida.

El que no tiene prudencia abandona lo mucho por lo poco. Los beneficios de los malos son siempre sospechosos.

37

El cazador y el jilguero

Un cazador cogió un jilguero, que, viéndose preso entre sus manos, le dijo:

—Si yo hubiera previsto tu traidor engaño, no hubieras logrado prenderme.

A lo que respondió el cazador:

—De esa manera pillo a los descuidados, que no se guardan de los engaños.

Enseña esta fábula que no se debe vivir desprevenido, y que nos debemos guardar de los mal intencionados, si no queremos caer en sus redes.

38

El parto de los montes

En tiempos remotos dieron los montes señales de parir, y los hombres esperaban llenos de temor y asombro qué clase de monstruo abortarían, pero al fin sólo resultó de aquellas temibles señales el parir un ratón, lo que causó a todos risa.

Esta fábula demuestra que los que más se jactan son los que menos hacen. También enseña que se deben despreciar los vanos temores, pues la mayor parte de las veces lo más grave que hay en el peligro es el miedo que se le tiene.

39

El cordero y el lobo

Viendo el lobo a un cordero, que andaba paciendo entre las cabras, le preguntó por qué dejando a su madre seguía aquel rebaño, y enseguida trató de persuadirlo se volviese a ella que lo esperaba para darle su leche. Le decía esto con intención de llevarlo a un bosque cercano y comérselo. Pero el cordero le respondió:

—Mi misma madre me encomendó a ésta con quien vivo y que cuida de mí amorosamente; por tanto, mejor debo creer a mi madre, que a las palabras con que tratas de seducirme.

Muestra esta fábula que no se debe creer a todos, pues hay muchos que dan falsos consejos en provecho propio y daño ajeno.

40

Los jóvenes y las ranas

Unos jóvenes traviesos estaban jugando junto a un estanque y, al percibir unas ranas nadando en el agua poco profunda, comenzaron a divertirse arrojándoles piedras y matando a algunas de ellas. Al final, una de las ranas sacó la cabeza del agua y dijo:

—Eh, ¡parad!, ¡parad! Os lo suplico. Lo que para vosotros es una diversión, para nosotras es la muerte.

41

La viuda y las criadas

Una viuda, ahorrativa y hacendosa, tenía dos criadas con las que era muy estricta. No podían permanecer demasiado tiempo en la cama por las mañanas porque la mujer las obligaba a levantarse y trabajar tan pronto cantaba el gallo. No les gustaba tener que despertarse tan temprano, sobre todo en invierno. Pensaron que, si no fuera porque el gallo despertaba a su señora a esas horas tan intempestivas, podrían dormir más. Por eso, lo atraparon y le retorcieron el cuello. Sin embargo, no estaban preparadas para las consecuencias. Su señora, al no oír el canto del gallo como siempre, las despertaba incluso más temprano y las obligaba a trabajar en mitad de la noche.

Es muy común en la mayor parte de los hombres el empeorar su suerte con lo mismo que creían mejorarla.

Esopo

42

La cabra, el cabrito y el lobo

Saliendo la cabra a pastar mandó al cabritillo que quedaba en casa, que no abriese la puerta del establo a nadie, pues sabía que muchas bestias feroces y otros animales andaban alrededor, buscando los establos de los ganados para devorarlos. De allí a poco vino el lobo, y fingiendo la voz de la cabra, llamó a la puerta, diciendo que abriese. El cabrito, mirando por una rendija de la puerta, vio que era el lobo y le dijo:

—Bien sé que eres mi enemigo y que buscas mi sangre con voz fingida; por tanto, vete en paz, pues te aseguro que no te abriré.

Enseña esta fábula que quien sigue el consejo de los padres vive con seguridad, y al contrario, quien no obedece sus buenos consejos cae en muchos peligros y males, que no puede después reparar.

43

El cazador y el perro

Un perro que toda su vida había servido muy bien a su amo en la caza, siendo ya viejo y pesado, pilló una liebre, pero no pudiéndola sujetar por su debilidad, se le escapó. El amo entonces, irritado contra el perro, le dijo: ¿Para qué eres bueno? Si no me sirves de nada, ¿para qué te alimento? A lo cual respondió el perro: Señor, ya tengo muchos años, estoy sin fuerzas y no tengo dientes, pero en otro tiempo fui fuerte; entonces me alababas por lo que era, y ahora me reprendes por lo que no puedo.

Acuérdate de lo que hice, y considera que ahora hago lo que puedo.

Esta fábula muestra que el que fue bueno y virtuoso en la juventud, no debe ser menospreciado en la vejez.

44

El lobo con piel de oveja

Un lobo decidió disfrazarse para poder acechar a un rebaño de ovejas sin miedo a que lo pillaran. Por eso, se vistió con la piel de una oveja y se deslizó entre las demás cuando estaban fuera, pastando. Engañó totalmente al pastor y, cuando este encerró al rebaño para pasar la noche, lo dejó con el resto. Sin embargo, esa noche, el pastor, al necesitar una pieza de cordero para llevar a la mesa, le puso las manos encima al lobo al confundirlo con una oveja y lo mató con el cuchillo en el acto.

45

Los bienes y los males

Érase una vez, cuando el mundo aún era joven, los bienes y los males formaban parte de igual manera de las preocupaciones de los hombres, por lo que los bienes no prevalecían y los volvían bienaventurados ni los males los volvían totalmente miserables. Sin embargo, debido a la ingenuidad de la humanidad, los males se multiplicaron y se hicieron más fuertes hasta el punto de parecer que iban a despojar a los bienes de su participación en los asuntos humanos y desterrarlos de la Tierra.

Así, estos últimos se dirigieron al cielo y se quejaron ante Zeus del trato que habían recibido, al mismo tiempo que le rezaban para que les garantizara protección contra los males y consejos sobre su relación con los hombres. Zeus aceptó su petición de protección y decidió que en el futuro no aparecerían ante la humanidad de manera tan evidente, en masa, indefensos a los ataques de los males hostiles, sino individualmente y desapercibidos, a intervalos infrecuentes e inesperados. Por eso, la Tierra está llena de males, ya que vienen y van a su antojo y nunca están demasiado lejos mientras que los bienes, ay, llegan sólo de uno en uno, procedentes del cielo, por lo que se ven rara vez.

46

Los delfines, las ballenas y la caballa

Los delfines estaban discutiendo con las ballenas y pronto empezaron a pelearse. La batalla se había vuelto muy violenta y había durado ya bastante tiempo sin que hubiera señales de que fuera a terminar cuando una caballa pensó que quizás podría pararla. Por eso, se interpuso y trató de persuadirlos para que dejaran de pelear e hicieran las paces. Sin embargo, uno de los delfines le dijo de forma despectiva:

—Preferiríamos seguir luchando hasta morir que permitir que una caballa como tú nos reconciliara.

47

Las liebres y las ranas

Una vez, las liebres se reunieron y lamentaron la desdicha de su especie, expuestas como estaban a todo tipo de peligros, sin la fuerza y el valor suficientes para defenderse. Tanto los hombres y los perros como los pájaros y los animales de rapiña eran sus enemigos y día tras día las mataban y devoraban. Concluyeron que, en vez de seguir soportando esa persecución, acabarían con sus miserables vidas.

Así, decididas y desesperadas, se apresuraron a un estanque cercano con la intención de ahogarse. En la orilla, había varias ranas que, al oír correr a las liebres, se lanzaron a la vez al agua para esconderse en las profundidades. Entonces, una de las liebres más ancianas e inteligentes que el resto les gritó a sus compañeras:

—Parad, amigas mías, y animaos. No permitamos nuestra destrucción. Veis, ahí hay criaturas que nos tienen miedo y, por lo tanto, deben sentirse más cohibidas que nosotras.

El que no acierta a llevar con paciencia sus males, mire los ajenos y aprenda a sufrir, pues el infeliz se alivia viendo la mayor miseria de otros.

48

El buey y el mosquito

Un mosquito se posó en uno de los cuernos del buey y permaneció allí sentado durante un tiempo considerable. Cuando hubo descansado lo suficiente y estaba a punto de partir, le dijo al buey:

—¿Te importa si me voy?

El buey alzó los ojos y lo contempló sin ningún interés.

—A mí me da igual. No me he dado cuenta de que habías venido y no lo notaré cuando te marches.

A menudo nos damos mayor importancia de la que nos dan nuestros vecinos.

El buey y el mosquito

49

La mosca y la hormiga

Una mosca y una hormiga disputaban sobre cuál de ellas era mejor. Comenzó la mosca primero a razonar, diciendo de esta manera: Tú no puedes igualarte conmigo, porque te llevo ventaja en todas las cosas: donde quiera que hay algún rico plato, yo lo gusto, lo mismo me pongo en la cabeza del rey, que en su mesa, y hasta beso a las damas más principales; todo esto es cosa que tú no puedes hacer. Tú, le respondió la hormiga, alabas tu poca vergüenza, ¿por ventura, te desean o te llaman para alguna cosa de ésas que dices? A esos reyes y matronas es verdad que te llegas, pero es por tu poca vergüenza, y así eres enojosa a todos, y echada al instante que llegas. A más de eso, tú vives sólo en el estío, y viniendo el frío y la helada, luego desmayas o mueres; mas yo en todo tiempo me conservo bien, y vivo segura, mientras a ti con el cazamoscas te ahuyentan y matan.

Demuestra esta fábula que quien a sí mismo se alaba y vitupera a todos, sufre duras y justas reprehensiones.

50

El ciervo en el establo de los bueyes

Un ciervo, después de que unos sabuesos lo sacaran de su guarida, se refugió en una granja y, al entrar en un establo donde se encontraban varios bueyes, se lanzó bajo un montón de heno en un compartimento vacío, donde permaneció escondido, a excepción de las puntas de sus cuernos. Entonces, uno de los bueyes le dijo:

—¿Qué te ha llevado a venir hasta aquí? ¿No eres consciente del riesgo que corres de que te capturen los pastores?

Ante eso, él replicó:

—Por favor, dejad que me quede aquí por el momento. Cuando llegue la noche, podré escapar con facilidad al amparo de la oscuridad.

En el transcurso de la tarde, más de un granjero apareció para atender las necesidades del rebaño, pero nadie se percató de la presencia del ciervo quien se felicitó por haber escapado y expresó su gratitud a los bueyes.

—Te deseamos lo mejor —dijo el que había hablado con él antes—, pero aún estás en peligro. Si el amo viene, te encontrará porque nada se les escapa a esos ojos astutos.

No tardó en aparecer, por supuesto, y montó un gran escándalo sobre la forma en la que se cuidaba de los bueyes.

—Las bestias están hambrientas —exclamó—. Tomad, dadle más heno y ponedles a los pies gran cantidad de hojarasca.

Mientras hablaba, él mismo cogió un gran puñado del montón en el que se encontraba escondido el ciervo y, enseguida, lo descubrió. Tras llamar a sus hombres, hizo que lo atraparan y lo mataran para comérselo.

En los grandes peligros es muy difícil encontrar asilo seguro. Muchas veces los desgraciados, ciegos por la desgracia y mal aconsejados por el miedo, se pierden imprudentemente a sí mismos.

51

La rana y el buey

Viendo una rana a un buey que pacía en el prado, pensó para sí que quizá lograría ser tan grande como él si inflaba su pellejo arrugado: y así comenzó a hincharse, de tal manera que, pareciéndole a ella que era ya tan grande como el buey, lo preguntó a sus hijos, y respondiéndole éstos que no, prosiguió ella hinchándose, y les volvió a preguntar. Es inútil que te esfuerces, madre, respondieron los hijos, pues no podrás nunca igualar al buey. Entonces la rana, haciendo un tercer esfuerzo aún más violento para hincharse, reventó.

Debe cada uno estar contento con su estado y no tratar de igualarse con el que sabe más o es más poderoso que él, si no quiere hacerse a sí mismo miserable.

Esopo

52

El hombre joven y la mala mujer

Un hombre joven iba a casa de una ramera a quien amaba en extremo, y entrando una vez se quitó la capa, se puso a hablar de sus amores y pasó todo el día con ella. Siendo ya de noche quiso retirarse a su casa pero antes de salir le dijo ella que le diese dinero para ciertas galas que quería comprar. El joven sacó su bolso, y al instante la mujer se apoderó de todo lo que en él había, y además de eso, viendo en el dedo del joven un anillo de mucho precio, se lo pidió con tanto encarecimiento, que el joven se lo dio; el cual enseguida tomó su capa, se despidió de ella y salió de la casa. Pero la ramera, después de ido el joven, se echó a llorar. Una amiga suya que oyó gritos y gemidos, creyendo consolarla, le dijo que el joven no tardaría mucho en volver. ¡Ay!, amiga, le respondió ella, no siento la pérdida de su persona ni su ausencia, sino el no haberle yo pillado la capa que se ha llevado.

Enseña esta fábula que la mala mujer tiene un apetito insaciable y no ama el dinero; de suerte que cuanto más tiene más quiere.

53

El ciervo y el cazador

Bebiendo un ciervo en una fuente vio en el agua su imagen y se deleitaba mirándola, muy satisfecho de sus grandes cuernos, pero disgustado al ver sus piernas tan largas y delgadas. Mientras se estaba mirando así, oyó los gritos de un cazador y los ladridos de los perros, y viéndolos ya muy cercanos, valiéndose de la ligereza de las piernas se escapó de sus enemigos; pero al entrar en un bosque se le enredaron los cuernos entre las ramas, de suerte que quedando allí preso le pilló el cazador. Viéndose el ciervo cogido, mudó de parecer y alabó lo que antes menospreciara, y menospreció lo que antes alababa.

A veces lo que más agrada daña. El ambicioso piensa que los empleos y dignidades son bienes apreciables; si supiera a qué males expone la grandeza, mudaría sin duda de pensamiento.

54

La víbora y la lima

Una víbora entró en una carpintería y se acercó a todas las herramientas, suplicándoles algo para comer. Entre otras, se dirigió a la lima y le pidió, por favor, comida. La lima replicó con un tono de desdén lastimero:

—Qué simple debes ser si has pensado que conseguirías algo de mí, ya que siempre quito y nunca doy nada a cambio.

Los avariciosos no son buenos donantes.

55

El cuento de la lechera

La hija de un granjero había estado ordeñando las vacas y volvía a la lechería, con el cántaro sobre la cabeza. Mientras caminaba, se encontró reflexionando de la siguiente manera: «La leche de este cántaro me proporcionará nata, que convertiré en mantequilla y podré vender en el mercado. Con el dinero, compraré huevos de los que, al incubarse, saldrán polluelos. Poco a poco, tendré una granja de gallinas bastante grande. Entonces, venderé algunas de las aves de corral y, con ese dinero, me compraré un vestido nuevo, que llevaré puesto cuando vaya a la feria. Allí, todos los jóvenes lo admirarán y tratarán de conquistarme, pero bajaré la cabeza y no les diré nada». Olvidándose del cántaro, se dispuso a imitar con gestos lo que decían sus palabras. De este modo, agachó la cabeza, por lo que el cántaro cayó, la leche se derramó y todos sus castillos en el aire se desvanecieron al instante.

No cuentes los pollos antes de que nazcan.

Esopo

56

La pulga y el hombre

Una pulga mordió a un hombre una y otra vez hasta que este no pudo soportarlo más. Llevó a cabo una ardua búsqueda y al final logró atraparla. Tras sujetarla entre el pulgar y el índice, dijo o, mejor dicho, gritó enfadado:

La pulga y el hombre

—¿Quién eres? Tú, pequeña criatura desgraciada, ¿qué te ha hecho tomarte esa libertad con mi cuerpo?

La pulga, aterrada, gimió con una débil vocecita:

—Ay, señor, por favor, déjeme ir. ¡No me mate! Soy un ser tan diminuto que no puedo hacerle demasiado daño.

Sin embargo, el hombre se echó a reír y respondió:

—Te voy a matar ahora mismo. Lo que es malo debe destruirse, por muy pequeño que sea el daño que provoca.

No malgastes tu lástima con los pícaros.

57

La higuera y la zarza

Una higuera estaba presumiendo ante una zarza, diciéndole con un tono bastante despectivo:

—Pobre criatura, no sirves para nada. Sin embargo, mírame a mí, soy útil para todo tipo de cosas, especialmente cuando los hombres construyen casas. No pueden hacerlas sin mí.

Entonces, la zarza contestó:

—Ah, eso está muy bien, pero espera a que vengan con las hachas y las sierras a talarte. Entonces, desearás ser una zarza, en vez de una higuera.

Mejor pobreza sin preocupación que riqueza con sus muchas obligaciones.

58

El caballo y el león

Un león, que no podía ya cazar por su extremada vejez, trató de matar a un caballo que pacía en el campo. Para esto fingió ser médico, y se llegó a él preguntándole por su salud. El caballo conociendo el engaño y la mala intención del león, le respondió, con disimulo, que estaba muy malo, pues se le había metido una espina en un pie, y le dijo: Amigo, cuánto me alegro de tu venida, pues creo que los dioses te han traído aquí para darme salud; ve pues la manera de sacarme esta espina, que me molesta mucho. El león fingiendo que sentía su mal, se ofreció a sacársela, pero siempre con la intención de matarle. Púsose el caballo en buena posición para lograr su intento, y al tiempo de ir el león a sacarle la espina, le dio un par de coces en la frente y se escapó, dejando al león tendido en el suelo. Cobrando después el león el sentido, se levantó, y al verse en tal mal estado, y que el caballo no aparecía, dijo para sí: Con harta razón sufro esto, pues el caballo justamente me ha devuelto un engaño por otro.

La falsedad es odiosa: no es de temer el enemigo que se muestra como tal, sino el que siendo enemigo se presenta con capa de amigo.

59

El burro y el perrito faldero

Había una vez un hombre que tenía un burro y un perrito faldero. El primero se alojaba en el establo con gran cantidad de avena y heno para comer, así que se encontraba todo lo bien que podía estar un burro. El perrito era la mascota ideal para el amo, quien lo acariciaba y a menudo dejaba que se tumbara en su regazo. Si salía a cenar, traía una golosina o dos para él, que corría a su encuentro cuando regresaba. Por su parte, el burro tenía mucho trabajo, como transportar el trigo, molerlo o llevar el peso de la granja.

Pronto, se sintió celoso al comparar su vida de penurias con la calma y la holgazanería del perrito. Al final, un día, rompió las correas e irrumpió en la casa en el momento exacto en el que su dueño se sentaba a cenar. Brincó e hizo volteretas, imitando las travesuras del más pequeño. Sin embargo, con sus torpes esfuerzos, volcó la mesa y destrozó la vajilla. No contento con eso, trató de subirse al regazo del dueño, como había visto a menudo que se le permitía hacer al perro. Al ver que su señor estaba en peligro, los sirvientes atacaron al inocente burro con palos y garrotes antes de devolverlo al establo medio muerto por la paliza.

—¡Ay! —exclamó—. Mira el daño que me he causado. ¿Acaso no podía haberme conformado con mi posición natural y honorable, sin desear imitar las ridículas tonterías de ese inútil y pequeño perro faldero?

Esta fábula demuestra que ninguno debe hacer lo que no le pertenece ni le es propio; y así el necio pensando que complace, lo que hace es causar disgusto y enfado.

60

La zorra y el mono

Una zorra y un mono caminaban juntos por un sendero y empezaron a pelear sobre cuál de los dos era el de mejor cuna. Siguieron así durante un tiempo hasta que llegaron a un lugar en el que el camino cruzaba un cementerio lleno de mausoleos. Entonces, el mono se detuvo y miró a su alrededor antes de soltar un gran suspiro.

—¿Por qué suspiras? —preguntó la zorra.

El mono señaló a las tumbas y contestó:

—Todos los mausoleos que ves aquí se construyeron en honor a mis antepasados, quienes, en su día, fueron grandes eminencias.

La zorra se quedó sin palabras durante un momento, pero se recuperó rápidamente y respondió:

—Ah, no dejas de mentir. Te confías porque estás seguro de que ninguno de tus ancestros puede levantarse y ponerte en ridículo.

Los fanfarrones se jactan sobre todo cuando no les pueden descubrir.

61

Los viandantes y el oso

Dos viandantes caminaban por un sendero cuando, de repente, un oso apareció en escena. Antes de que los viera, uno se subió a un árbol en la linde del camino y escaló por las ramas hasta esconderse. El otro no era tan ágil como su compañero y, como no podía escapar, se lanzó al suelo para fingir que estaba muerto. El oso se acercó y lo olfateó, pero él se mantuvo totalmente inmóvil y contuvo el aliento porque, según decían, un oso nunca tocaría un cuerpo muerto. Así, el oso lo consideró un cadáver y se alejó.

Cuando el peligro hubo pasado, el viandante del árbol bajó y le preguntó a su compañero qué le había susurrado el oso cuando le había acercado el hocico a la oreja. El otro respondió:

—Me dijo que no volviera a viajar con un amigo que me abandona ante la primera señal de peligro.

Las desgracias prueban la sinceridad de la amistad.

62

El pastor anunciando al lobo

El hijo de un pastor estaba cuidando de su rebaño cerca de un pueblo y pensó que sería divertido engañar a los aldeanos haciéndoles creer que un lobo estaba atacando a las ovejas. Por eso, gritó:

—¡Lobo! ¡Lobo!

Cuando los lugareños llegaron corriendo, se echó a reír por su preocupación. Lo hizo más de una vez y en todo momento los aldeanos se percataron de que los había engañado porque no había lobo alguno. Al final, un lobo apareció de verdad y el joven gritó tan alto como pudo:

—¡Lobo! ¡Lobo!

Sin embargo, los lugareños estaban tan acostumbrados a oírle gritar que no prestaron atención a sus gritos de auxilio. De este modo, el lobo se salió con la suya y mató a su antojo una oveja tras otra.

No se cree a un mentiroso ni siquiera cuando dice la verdad.

63

El perro, el gallo y la zorra

Un perro y un gallo se hicieron muy amigos y se dispusieron a viajar juntos. Por la noche, el gallo voló hasta las ramas de un árbol para posarse y el perro se aovilló dentro del tronco, que estaba hueco. Al rayar el alba, el gallo se despertó y cacareó, como siempre. Una zorra lo oyó y, como deseaba desayunar, se acercó, se colocó bajo el árbol y le pidió que bajara.

—Me encantaría conocer al que tiene una voz tan bonita.

El gallo respondió:

—¿Te importaría despertar a mi portero, que duerme a los pies del árbol? Él te abrirá la puerta y te dejará pasar.

La zorra obedeció y llamó al tronco. Entonces, el perro salió corriendo y le hizo pedazos.

64

El esclavo y el león

Un esclavo huyó de su señor, quien le había tratado de la forma más cruel posible, y, para evitar que lo capturaran, se dirigió al desierto. Mientras caminaba en busca de comida y refugio, llegó a una cueva que, al entrar, encontró vacía.

Sin embargo, era la guarida de un león y, casi de inmediato, para horror del desgraciado fugitivo, el león apareció. El hombre pensó que estaba perdido, pero le asombró que el león, en lugar de correr hacia él y devorarlo, se acercara y se mostrara manso mientras gemía y levantaba una pata. Al observarla, vio que estaba hinchada e inflamada, por lo que la examinó y encontró una enorme espina clavada en el talón. Se la quitó y le vendó la herida todo lo bien que pudo. Con el tiempo, se le curó por completo. La gratitud del león no tenía límites. Consideraba al humano su amigo, así que compartieron la cueva durante un tiempo.

Sin embargo, un día, el esclavo comenzó a echar de menos la compañía de sus semejantes. Se despidió del león y regresó a la ciudad. Allí no tardaron en reconocerlo y llevarlo, atado con cadenas, ante su antiguo dueño, quien decidió dar ejemplo con él y ordenó que lo lanzaran a las bestias en el siguiente espectáculo público del teatro.

Ese fatídico día, se soltó a los animales en la arena, entre ellos, a un león de enorme envergadura y aspecto feroz. Entonces, se empujó al desgraciado esclavo hacia las bestias. Lo que más sorprendió a los espectadores fue que el león, tras lanzarle una mirada, se acercó a él y se tumbó a sus pies con expresión de afecto y alegría. ¡Era su viejo amigo de la cueva! El público pidió que se le perdonara la vida al esclavo y el gobernador de la ciudad, maravillado por la gratitud y fidelidad de la bestia, decidió que ambos deberían obtener la libertad.

65

La pulga y el camello

Una pulga, que estaba en la carga de un camello, se vanagloriaba y decía que era más que el camello, pues él la llevaba encima; y viendo que el camello iba cansado saltó al suelo y le dijo: Amigo, he tenido compasión de ti, y para no darte más peso, he bajado. De nada me sirve tu favor, respondió el camello, pues tú ni quitas ni añades lo más mínimo a mi carga.

Demuestra esta fábula lo ridícula que es la protección vanidosa de los que nada valen ni pueden.

66

El burro y la sal

Un día, un vendedor ambulante que tenía un burro compró una gran cantidad de sal y cargó a la bestia con toda la que podía soportar. De camino a casa, el burro se tropezó cuando cruzaba un riachuelo y cayó al agua. Como la sal se había mojado y mucha se había derretido y perdido, cuando se puso en pie, se dio cuenta de que la carga era mucho menos pesada. Sin embargo, su amo lo guió de vuelta a la ciudad y compró más sal, que añadió a lo que quedaba en las alforjas antes de volver a recorrer el camino. Tan pronto como llegaron al río, el burro se tumbó en él y, cuando se levantó, igual que antes, la carga era menos pesada. Sin embargo, el dueño, al darse cuenta de la treta, dio la vuelta de nuevo y compró gran cantidad de esponjas que apiló en los cuartos traseros del burro. Cuando llegaron al riachuelo, el animal se tumbó de nuevo, pero esta vez las esponjas absorbieron mucha agua y cuando se levantó la carga era más pesada que nunca.

A veces se juega una buena carta con demasiada frecuencia.

67

El lechón, los corderos y el lobo

Un lechón pequeño vivía en una manada de puercos, pero indignado de que lo menospreciaran, andaba entre sus compañeros echando bravatas, gruñendo y enseñando sus colmillos, pensando de esta manera espantarlos a todos, mas lleno de enojo al ver que no hacían caso de él, determinó salir de allí y mudar de domicilio. Se fue, pues, por la montaña y vino a parar a una manada de corderos. Allí empezó a gruñir y a enseñar sus dientes, lo que viendo los corderos empezaron a huir atemorizados. El lechón, creyéndose temido y respetado, se decidió a quedarse allí. Al cabo de algunos días vino un lobo, y viéndole los corderos se escaparon por entre las peñas; pero el lechón, pensando que los corderos le defenderían, no quiso huir, y así le pilló el lobo y se lo llevó: corriendo con él, pasó por casualidad por la manada de puercos de donde se había salido el lechón, que, viéndolos, les pedía socorro a grandes voces. Conociéndolo los puercos, se levantaron al instante y embistieron al lobo, y pudieron librar a su compañero del peligro en que se hallaba. Entonces el lechón, viéndose libre en medio de ellos, lleno de dolor y de vergüenza, dijo: Ahora conozco lo mal que hice, pues si no hubiera salido de entre los míos, no me hubiera sucedido esta desgracia.

Esta fábula demuestra que en las adversidades y desgracias, siempre es bueno estar cerca de los amigos y parientes.

68

El ciego

Había una vez un ciego que tenía tan buen sentido del tacto que, cuando cualquier animal caía en sus manos, sabía qué era sólo con

El roble y los juncos

tocarlo. Un día, le puso las manos encima al cachorro de un lobo, quien le preguntó qué era. Lo tocó durante un tiempo antes de responder:

—Debo decir que no estoy seguro de si eres un cachorro de lobo o de zorro, pero sí sé que nunca te colocaría en un redil.

Las tendencias malignas se perciben rápido.

69

El roble y los juncos

Una fuerte ráfaga de viento arrancó de raíz un roble que crecía en la orilla del río y lo lanzó al riachuelo. Cayó sobre unos juncos que estaban cerca del agua y les dijo:

—¿Cómo es posible que vosotros, tan frágiles y esbeltos, hayáis conseguido soportar la tormenta mientras que a mí, con toda mi fuerza, me ha arrancado de raíz y tirado al río?

—Te mostraste terco —respondieron— y luchaste contra la tormenta, que demostró ser más fuerte que tú. Sin embargo, nosotros nos inclinamos y cedimos a cada brisa y, de ese modo, la ráfaga de viento pasó sobre nuestras cabezas sin hacernos daño.

No se debe resistir a los más fuertes, sino ceder a ellos dejando pasar su fuerza.

70

El hombre y el dragón

Un dragón habitaba en un río, mas como menguase el agua, quedó en seco entre las arenas. Pasando en esto por allí cerca un hombre con un borrico le rogó el dragón que lo llevase a su madriguera y que él en pago le daría mucho oro y plata. El hombre, movido de la codicia, tomó el dragón, lo ató sobre su borrico y lo condujo a la madriguera; llegando allí le desató, le dejó en libertad y pidióle el oro y plata que le había prometido. Entonces le dijo el dragón: ¿Cómo por haberme atado me pides oro y plata en recompensa? El hombre replicó: ¿No me rogaste que te atase? No hablemos de eso, repuso el dragón, lo que hay es que voy a devorarte porque tengo hambre. Según eso dijo el hombre: Me quieres pagar mal por bien. En esta contienda acertó a pasar por allí una raposa, la que habiendo oído sus gritos les dijo: ¿Qué cosa es esa de que tanto disputáis? El dragón habló primero y dijo: Este hombre me ató muy fuertemente, poniéndome sobre un borrico, trájome hasta aquí y ahora me pide no sé qué cosa. Después dijo el hombre: Oídme, señora raposa. Este dragón andaba por un río, quedó en seco sobre un arenal y estaba a punto de perecer. Pasando yo por allí, me pidió que lo atase sobre mi borrico y lo trajese aquí, prometiéndome por ello oro y plata, y ahora no sólo no quiere darme lo prometido, sino que me quiere matar. Mal hiciste, dijo la raposa al hombre, pero muéstrame ahora cómo estaba el dragón atado y después juzgaré. Tomó el hombre al dragón, lo puso sobre el borrico y le ató. Entonces preguntó la raposa al dragón: Dime, ¿tan fuertemente te ató? El dragón respondió: Me ató cien veces más fuerte que ahora. Átalo, dijo la raposa al hombre, lo más fuerte que puedas; y haciéndolo el hombre así, preguntó la raposa al dragón si lo había atado antes tan fuertemente, y respondió que sí. Pues ahora, dijo la raposa al hombre, haz un nudo y aprieta bien los lazos, y vuélvelo al lugar de donde lo tomaste y déjalo allí atado como está, y no te podrá comer. Lo cual hizo el hombre, pagando así el dragón la pena de su perfidia.

Se debe siempre agradecer cualquier beneficio que se recibe; únicamente los ingratos y perversos obran de otro modo.

71

Zeus y la abeja

Una abeja reina del monte Himeto voló hasta el Olimpo con un poco de miel fresca del panal como regalo para Zeus quien se sintió tan agradecido que prometió darle lo que deseara. Contestó que agradecería mucho que diera aguijones a las abejas para matar a las personas que les robaban la miel. Zeus se sintió muy disconforme con esa petición porque amaba a la humanidad, pero le había dado su palabra, así que decidió que tendrían aguijones. Sin embargo, los que les proporcionó funcionaban de tal manera que, cada vez que una abeja picaba a un hombre, el aguijón se quedaba en la herida y la abeja moría.

Los malos deseos, como las aves de corral, vuelven a casa a anidar.

72

El viejo y sus hijos

Un labrador anciano tenía varios hijos jóvenes que se llevaban mal entre sí, sin que fueran bastantes a avenirlos las exhortaciones de sus padres. Un día les congregó a todos y mandando traer una porción de varas, y haciéndolas un haz, les preguntó cuál de ellos se atrevía a romperlo. Uno tras otro todos se esforzaron para lograrlo, pero ninguno pudo conseguirlo. Entonces el padre desató el haz y tomando las varas una a una les mostró cuán fácilmente se partían, y enseguida les dijo: De esta manera, hijos míos, si estáis todos unidos nadie podrá venceros; pero si estáis divididos y enemistados el primero que quiera haceros mal os perderá.

Enseña esta fábula que la unión hace fuertes a los débiles y que la división hace débiles a los fuertes.

73

Los monos y los dos viajeros

Dos hombres viajaban juntos. Uno de ellos nunca decía la verdad mientras que el otro nunca mentía. En el transcurso de su viaje, llegaron al Territorio de los Monos. Al enterarse de su llegada, el rey ordenó que los trajeran ante él. Con el fin de impresionarlos con su grandeza, los recibió sentado en el trono, al mismo tiempo que los monos, sus súbditos, se colocaban en largas filas a cada lado. Cuando los viajeros llegaron ante su presencia, les preguntó qué pensaban de él como rey. El viajero mentiroso dijo:

—Señor, todos deben saber que sois el monarca más noble y poderoso.

—¿Y qué piensas de mis súbditos? —continuó el rey.

—Se merecen al maestro regio que tienen.

El mono estaba tan contento con su respuesta que le ofreció un regalo maravilloso. El otro viajero pensó que, si su compañero había recibido una recompensa tan espléndida por mentir, él recibiría una aún mayor por decir la verdad. Entonces, el mono le dedicó su atención y dijo:

—¿Y bien, señor? ¿Cuál es su opinión?

—Creo que sois un buen mono y que todos vuestros súbditos lo son también.

El rey se enfadó tanto con su respuesta que ordenó que lo apartaran de su vista y lo despedazaran hasta la muerte.

74

El pescador y el pececillo

Un pescador lanzó su red al mar y, cuando la volvió a recoger, no contenía nada, salvo un único pececillo que le suplicó que lo dejara en el agua.

—Ahora soy sólo un pequeño pez —dijo—, pero algún día me haré grande y, si vuelves y me atrapas de nuevo, te podré ser de utilidad.

Sin embargo, el pescador contestó:

—Ah, no, voy a conservarte ahora que te tengo. Si te devuelvo, ¿volveré a verte? Probablemente no.

Es una locura aventurar lo seguro, aunque sea pequeño, por la esperanza de cosas mayores pero inciertas.

75

La zorra y el chivo

Una zorra que había caído en un pozo no era capaz de salir. Más tarde, un chivo sediento se acercó a beber y, al ver a la zorra en el pozo, le preguntó si el agua estaba buena.

—¿Buena? —dijo la zorra—. Es la mejor agua que he probado en mi vida. Baja y pruébala tú mismo.

El chivo no pensó en nada más, excepto en la perspectiva de aplacar su sed, por lo que saltó enseguida. Cuando hubo bebido lo suficiente, miró a su alrededor, igual que la zorra, en busca de alguna salida, pero no encontró ninguna. Enseguida, la zorra dijo:

—Tengo una idea. Ponte de pie sobre tus patas traseras y apoya con firmeza las delanteras en una pared del pozo. Entonces, me subiré a tu lomo y, de ahí, pasaré a tus cuernos para poder salir. Cuando lo haya logrado, te ayudaré.

El chivo hizo lo que le había pedido y la zorra se subió a su lomo antes de salir del pozo. Entonces, se alejó tranquilamente. El chivo la llamó a gritos y le recordó que le había prometido ayudarle a salir. Sin embargo, la zorra sólo se giró y dijo:

—Si tuvieras tanto sentido común en la cabeza como pelo en la barba, no habrías entrado en el pozo sin asegurarte de que tenías forma de salir.

Mira antes de saltar.

76

La hormiga, la paloma y el cazador

Una hormiga que fue a beber en una fuente cayó en el agua y se ahogaba. Viendo esto una paloma, que estaba en el árbol próximo, le echó una rama, en la que se refugió. Llegó en esto un cazador y armó su arco para tirar a la paloma. La hormiga, que vio el peligro en que se hallaba su bienhechora, corrió luego y dio un fuerte picotazo al cazador en el pie; éste sintiendo el dolor volvió la cara y dejó caer la flecha, a cuyo ruido, advirtiendo la paloma el peligro, escapó.

Esta fábula enseña que así como hasta los animales se muestran agradecidos a sus bienhechores, debe serlo aún mucho más el hombre, que goza de la razón que a aquéllos falta.

77

Los ladrones y el gallo

Unos ladrones entraron en una casa donde no encontraron nada que valiera la pena excepto un gallo, que capturaron y se llevaron. Al ir a preparar la cena, uno de ellos cogió al gallo y, a punto estaba de retorcerle el cuello, cuando el animal gritó buscando piedad y dijo:

—Por favor, no me mates. Descubrirás que soy el ave más útil de todas porque, con mi cacareo, despierto a los hombres honrados para que vayan a trabajar.

Sin embargo, con cierto fervor, el ladrón contestó:

—Sí, sé lo que haces porque nos pones muy difícil ganarnos la vida. Por eso, ¡a la cazuela!

Demuestra esta fábula que lo que es bueno para el hombre honrado es malo para el perverso.

Los ladrones y el gallo

78

La mujer y el marido borracho

Cierta mujer tenía un marido dado en extremo a la embriaguez, y pensando un medio con que quitar a su marido aquel vicio, un día que le vio tan privado y fuera de sentido que parecía muerto, le llevó a un sepulcro, y metiéndole en él, le dejó allí. Así que pensó se le habrían pasado ya los vapores de la embriaguez, se llegó al sepulcro y llamó en él, y como el marido preguntase quién era, dijo ella: Yo soy quien trae la comida a los muertos. A lo cual respondió el marido: Tráeme mejor vino que comida, pues me has dado un pesar en acordarte de la segunda habiendo olvidado el primero. Oyendo esto la mujer, dijo llorando: ¡Ay!, desventurada de mí, que ni aun me ha aprovechado la astucia, pues en vez de quedar curado mi marido, es ahora más borracho que antes, pudiendo decirse que este vicio es ya en él una costumbre invencible.

Esta fábula enseña que no se debe perseverar en las malas costumbres, pues se hacen con el tiempo una segunda naturaleza.

79

La zorra y el mono rey

En una reunión con todos los animales, el mono bailó alrededor de los demás, a quienes les gustó tanto que lo nombraron su rey. Sin embargo, la zorra estaba muy molesta por el ascenso del mono, por lo que, al encontrar un día una trampa con un pedazo de carne, llevó al mono hasta allí y le dijo:

—Aquí tenéis un delicioso bocado que he encontrado, señor. No me lo he comido yo porque he pensado que os lo merecíais vos, nuestro rey. ¿Os gustaría aceptarlo?

El mono se acercó enseguida al pedazo de carne y quedó atrapado. Entonces, con amargura, le reprochó a la zorra que le hubiera llevado hasta el peligro. Sin embargo, ella se echó a reír y dijo:

—Ay, mono, te consideras el rey de las bestias y no tienes siquiera el sentido común para evitar caer en algo así.

80

El asno y su sombra

Un hombre alquiló un asno para hacer un viaje en verano. Comenzó a guiar a la bestia mientras el propietario los seguía. Más tarde, debido al calor del día, se detuvieron a descansar y el viajero quiso tumbarse a la sombra del asno. Sin embargo, el propietario, que también deseaba librarse del sol, no se lo permitió con la excusa de que había alquilado sólo el burro, no su sombra. El otro aseguró que el trato incluía un control total del asno durante el tiempo estipulado. De las palabras pasaron a los puños y, mientras se peleaban entre sí, el burro echó a correr y pronto se perdió de vista.

81

La corneja sedienta

Una corneja sedienta fue a beber a un pozo y encontró allí un cubo en el que había un poco de agua, pero tan honda que no podía alcanzarla; mas la misma fuerza de la sed que padecía le hizo ingeniarse, y así trajo con el pico muchas piedrecitas y las fue echando en el cubo, hasta que el agua subió y pudo beber, satisfaciendo así su sed.

Puede más el arte y el ingenio que la fuerza.

82

Los caracoles

El hijo de un granjero fue a buscar caracoles y, cuando se llenó las manos con ellos, se decidió a preparar una hoguera para cocinarlos, ya que quería comérselos. Tras prender el fuego lo suficiente, los caracoles empezaron a sentir el calor y poco a poco se retiraron al interior de sus caparazones, produciendo el sonido sibilante que suelen hacer cuando eso ocurre. Al oírlo el chico, dijo:

—Criaturas desenfrenadas, ¿cómo tenéis el valor de silbar cuando están ardiendo vuestras casas?

83

El perro y el cocinero

Un hombre rico invitó una vez a varios amigos y conocidos a un banquete. Su perro pensó que sería una buena oportunidad de invitar a otro perro, amigo suyo. De este modo, se acercó a él y le dijo:

—Mi dueño va a celebrar un festín. Habrá mucha comida, así que ven y cena conmigo esta noche.

De este modo, el perro invitado fue y, al ver los preparativos que se habían hecho en la cocina, se dijo a sí mismo:

—Cielos, qué suerte la mía. Me aseguraré de comer lo suficiente esta noche como para estar servido durante dos o tres días.

Al mismo tiempo, movía la cola con vigor para demostrarle a su amigo lo contento que estaba porque le hubiera invitado. Sin embargo, justo en ese momento, el cocinero lo vio e, inquieto al ver a un perro extraño en la cocina, lo agarró por las patas traseras y lo lanzó por la ventana. Sufrió una fea caída y se alejó cojeando todo lo rápido que pudo, aullando con tristeza.

Pronto, otros perros se unieron a él y le dijeron:

—¿Qué clase de cena has disfrutado?

Ante lo que respondió:

—Me lo he pasado de maravilla: el vino estaba muy bueno y bebí tanto que no recuerdo siquiera cómo salí de la casa.

Pocos favores se hacen cuando dependen de otros.

84

La lámpara

Una lámpara llena de aceite prendió con una luz clara y firme. Entonces, empezó a crecer con orgullo y a alardear de que era más brillante que el propio Sol justo antes de que una ráfaga de viento la apagara. Así, alguien cogió una cerilla, la volvió a encender y dijo:

—Sigue brillando y no pienses en el Sol. Las estrellas no necesitan que las vuelvan a encender como acabo de hacer yo ahora contigo.

85

La raposa y el gallo

Una raposa hambrienta se acercó con muy buenas palabras a un gallo, y pillándolo descuidado saltó sobre él y lo cazó; pero viendo esto alguna gente, corrieron tras la raposa diciéndole:

—Deja el gallo que no es tuyo.

Oyendo esto el gallo, dijo a la raposa:

—¿No oyes lo que dicen aquellos rústicos aldeanos? ¿Por qué no les respondes? Diles que yo no soy suyo, sino tuyo, y que te llevas tu gallo y no el suyo.

Creyó la raposa estas razones, y dejando el gallo de la boca, dijo:

—Yo llevo mi gallo y no el vuestro; pero mientras la raposa decía estas palabras, el galló voló a un árbol vecino, y desde lo alto, dijo a la raposa: Mientes, señora mía, porque yo soy de aquéllos y no tuyo. La raposa, conociendo el engaño, se fue avergonzada.

Muéstrase en esta fábula que muchas veces el hablar inoportunamente trae grandes perjuicios.

86

El camello y Júpiter

Un camello, viendo que los toros tenían cuernos para su defensa, y que él no tenía arma alguna para defenderse, estaba muy disgustado, y fue a presentar su queja a Júpiter de esta manera: Es vergonzoso que una bestia tan grande como yo no tenga ni armas, ni defensa alguna; pues los toros tienen cuernos, los puercos dientes, los erizos púas, los gatos uñas, y así a proporción todos los animales; por tanto, te ruego que me des cuernos como los de los toros, para defenderme de mis enemigos. Entonces Júpiter enfadado le dijo: Porque no estás contento con lo que te dio la naturaleza, te quito las orejas, y se las arrancó.

El que codicia lo de otros merece que le quiten lo suyo. Contentaos con lo que la naturaleza os ha dado.

87

El viejo león y la zorra

Un león, debilitado por la edad, ya no era capaz de procurarse comida por la fuerza, así que decidió usar la astucia. Se trasladó a una cueva, se tumbó en su interior y fingió encontrarse enfermo. Cada vez que un animal entraba para preguntar por su salud, se lanzaba sobre él y lo devoraba.

De este modo, muchos perdieron la vida hasta que una zorra llegó a la cueva y, al sospechar la verdad, se dirigió al león desde el exterior, en lugar de entrar, y le preguntó cómo se encontraba. El animal le contestó, malhumorado:

—Pero, ¿por qué te quedas ahí fuera? Por favor, pasa.

—Lo habría hecho —respondió la zorra— si no me hubiera percatado de que todas las huellas se dirigen hacia la cueva y no hay ninguna en sentido contrario.

No se debe fiar ciegamente en lo que nos dicen; se debe juzgar de las palabras, según sean las obras de la persona que las pronuncia.

88

El cangrejo y su madre

Una anciana madre cangrejo le dijo a su hijo:

—¿Por qué caminas de lado, hijo mío? Deberías caminar recto.

El joven cangrejo respondió:

—Muéstrame cómo hacerlo, querida madre, y seguiré tu ejemplo.

El búho y las aves

La anciana madre cangrejo lo intentó, pero fue en vano. Entonces, entendió lo ignorante que había sido por haber encontrado ese defecto en su hijo.

El ejemplo es mejor que la instrucción.

89

El búho y las aves

El búho es un pájaro muy sabio. Hace mucho tiempo, cuando el primer roble creció en el bosque, llamó al resto de aves y les dijo:

—¿Veis este pequeño árbol? Si aceptáis mi consejo, lo destruiréis ahora que es pequeño. Si no, cuando crezca, el muérdago que aparecerá en él y su viscosidad serán vuestra ruina.

De nuevo, cuando el primer lino apareció, anunció:

—Comeos esa semilla porque es la del lino. Algún día, los hombres harán redes con él para capturaros.

Una vez más, cuando vio al arquero, avisó a los pájaros de que era su enemigo mortal porque haría flechas con sus propias plumas y se las lanzaría. Sin embargo, ninguna aceptó los consejos que les dio. De hecho, pensaron que estaba loco y se rieron de él. Sin embargo, cuando todo lo que había predicho sucedió, cambiaron de parecer y sintieron un gran respeto por su sabiduría. Así, cada vez que aparecía, las aves esperaban oír algo que les resultara de ayuda. Sin embargo, dejó de dar consejos y se dedicó sólo a posarse mientras meditaba, desanimado por la necedad de su especie.

90

El campesino y el manzano

En el jardín de un campesino, crecía un manzano que no daba frutos, sólo servía para cobijar del calor a los gorriones y los saltamontes que brincaban o cantaban en sus ramas. Decepcionado por su infertilidad, decidió talarlo y fue a por el hacha con este propósito. Sin embargo, cuando los gorriones y los saltamontes vieron lo que estaba a punto de hacer, le suplicaron que no lo hiciera y le dijeron:

—Si destruyes el árbol, tendremos que buscar cobijo en otro sitio y ya no podrás disfrutar de nuestras alegres canciones que animan tu faena en el jardín.

Sin embargo, él se negó a escucharlos y se dispuso a trabajar con la intención de cortar el tronco. Unos cuantos hachazos le mostraron que estaba hueco y que contenía abejas y un enorme panal con miel. Emocionado por su descubrimiento, lanzó el hacha hacia un lado y dijo:

—Después de todo, merece la pena conservar este viejo árbol.

La utilidad es prueba de valía para la mayoría de los hombres.

91
El viajero fanfarrón

Una vez, un hombre se fue de viaje al extranjero y, cuando volvió a casa, contó unas historias maravillosas sobre las cosas que había hecho en los países extranjeros. Entre otras, aseguró que había participado en una competición de salto en Rodas y que había dado uno tan increíble que nadie pudo superarlo.

—Id a Rodas y preguntad —dijo—. Todos os confirmarán que es verdad.

Sin embargo, uno de los que lo estaban escuchando contestó:

—Si puedes saltar tan bien, no necesitamos ir a Rodas para comprobarlo. Imaginemos que estamos en Rodas por un segundo. Ahora, ¡salta!

Hechos, no palabras.

92
El cazador y el mirlo

A un cazador que tendía sus redes le preguntó un mirlo qué era aquello que hacía, y él le respondió que iba a edificar un pueblo, y retirándose lejos se ocultó. El mirlo, oyendo estas palabras, se acercó sin desconfianza al cebo puesto junto a la red y cayó en ella. Al momento acudió el cazador, y viéndole el mirlo le dijo: Si tratas de formar tu pueblo por tales medios, sin duda no habrá muchos que acudan a habitarlo.

Esta fábula demuestra que lo que más destruye la sociedad es la crueldad en los que gobiernan.

93

Zeus y la mona

Zeus reunió a todas las bestias y ofreció un premio para quien, según su juicio, tuviera las crías más bonitas. Entre ellas, apareció la mona, con un bebé en los brazos, un pequeño espantajo sin pelo con la nariz plana. Cuando lo vieron, los dioses estallaron en carcajadas, pero la mona abrazó a su pequeño y dijo:

—Zeus puede darle el premio a quien quiera, pero yo siempre pensaré que mi bebé es el más hermoso de todos.

El alabarse a sí mismo es una vanidad necia; el mérito propio debe callarse, y dejar a los demás que lo conozcan y lo alaben.

94

El cazador de aves

Un cazador vio sobre un árbol un palomo, y preparando con gran cuidado la red para cogerlo se acercaba al ave sigilosamente. Pero mientras andaba mirando a lo alto pisó una víbora que estaba en el suelo, y ésta irritada por el dolor le picó, causándole la muerte con su veneno. Estando el hombre ya para expirar dijo:

—Mísero de mí, que queriendo cazar a uno, recibo de otro la muerte.

Esta fábula muestra que algunos perecen en los mismos lazos que tienden para perder a otros.

Esopo

95

El burro con piel de león

Un burro se topó con una piel de león y se disfrazó con ella. Entonces, se dedicó a asustar a todos los que se encontraba, hombres y bestias, quienes, al creer que era un león, salían huyendo a toda prisa en cuanto veían que se acercaba. Emocionado por el éxito de su engaño, rebuznó triunfal. El zorro lo oyó y lo reconoció enseguida como el burro que era. Entonces, le dijo:

—Oye, amigo, eres tú, ¿verdad? A mí también me hubieras asustado si no hubiera oído tu voz.

Nadie se debe preciar de falsas cualidades. El ignorante no debe mostrarse como sabio, pues fácilmente enseñará la oreja como el asno de la fábula.

El burro con piel de león

96

El labrador y la Fortuna

Un día, un labrador estaba arando en su granja cuando se encontró una olla llena de monedas de oro. Emocionado por su descubrimiento, desde ese momento, presentó una ofrenda diaria ante el altar de la diosa de la Tierra. A la Fortuna, aquello no le gustó nada y se acercó al labrador para decirle:

—Buen hombre, ¿por qué agradeces a la Tierra el regalo que yo te ofrecí? Nunca pensaste en darme las gracias por la buena suerte. Sin embargo, si tuvieras la desgracia de perder lo que has ganado, bien sé que sería yo, la Fortuna, quien se llevara todas las culpas.

Muestra gratitud a quien se la merezca.

97

El ratón y la rana

Un ratón y una rana se hicieron amigos. No hacían buena pareja porque el ratón vivía todo el tiempo en tierra mientras que la rana se encontraba igual de cómoda en tierra que en el agua. Para no separarse nunca, la rana se ató a la pata del ratón con un pedazo de hilo. En tierra firme, todo iba bastante bien, pero, al acercarse a la orilla de un estanque, la rana saltó, con lo que el ratón cayó con ella. La primera empezó a nadar y a croar, alegre. Sin embargo, el infeliz ratón pronto sintió que se ahogaba, y flotó por la superficie, arrastrado por la rana.

Entonces, un halcón lo vio, se lanzó sobre él y lo alzó con las garras. La rana no fue capaz de desatar el nudo que la unía al ratón y, por lo tanto, el halcón también se la llevó y se la comió.

Esta fábula da a entender que los que piensan mal, e intentan dañar a los otros, suelen a veces destruirse a sí mismos.

98

Las avispas, las perdices y el labrador

Unas perdices y unas avispas sedientas pidieron a un labrador les diese agua, ofreciéndole su agradecimiento y sus servicios: las perdices prometieron no tocarían la viña para que produjese racimos abundantes, y las avispas dijeron que circundarían la viña para guardarla y alejar a los ladrones con su aguijón. El labrador, despúes de oírlas, les respondió:

—Tengo dos bueyes, los cuales aunque nada me prometen me hacen mucho más servicio que el que podéis hacerme; por tanto, me conviene más dar de beber a ellos que a vosotras.

Enseña esta fábula que no se deben esperar servicios de los que son inhábiles o que nada pueden.

99

Las cabras y sus barbas

Zeus concedió barbas a las cabras hembras según le pidieron, lo que repugnó a los machos, quienes lo consideraron una invasión injustificada de sus derechos y dignidad. Así, le enviaron un comité para protestar por esa acción. Sin embargo, el dios les aconsejó que no pusieran objeción alguna.

—¿Qué es un penacho de pelo? —preguntó—. Dejad que lo tengan si lo desean. Nunca estarán a vuestra altura en cuanto a fuerza.

100

La zorra a la que se le llenó el vientre

Una zorra hambrienta encontró en un árbol hueco gran cantidad de pan y carne que unos pastores habían escondido allí para cuando volvieran. Emocionada con su descubrimiento, se deslizó por la pequeña grieta y lo devoró todo con avaricia. Sin embargo, cuando trató de salir de nuevo, descubrió que estaba tan hinchada por la copiosa comida que no podía cruzar el agujero. Comenzó a gemir y gruñir por su mala suerte. Otro zorro que pasaba por allí se acercó y le preguntó cuál era su problema. Al enterarse de la situación, dijo:

—Amiga mía, la única solución que veo es que te quedes ahí hasta que vuelvas a tu tamaño habitual. Así, saldrás con más facilidad.

101

El granjero y sus hijos

Un granjero a las puertas de la muerte, al desear contarles a sus hijos un secreto de gran importancia, les pidió que lo rodearan y dijo:

—Hijos míos, estoy a punto de morir. Por eso, quiero haceros saber que en mi viñedo hay un tesoro escondido. Excavad y lo encontraréis.

Tan pronto como el padre murió, los hijos cogieron una pala y una horca y levantaron todo el suelo del viñedo una y otra vez en busca del tesoro que se suponía que se encontraba enterrado allí. Sin embargo, no lo encontraron. No obstante, las viñas, tan fertilizadas por la excavación, produjeron una cosecha como nunca antes habían visto.

102

El padre y sus hijos

Un hombre tenía varios hijos que siempre estaban peleándose entre sí. Por mucho que lo intentara, no lograba que vivieran en armonía. Por eso, decidió convencerlos de su necedad de la siguiente manera. Tras pedirles que ataran un puñado de palos, los invitó a romperlos con la rodilla. Todos lo intentaron y todos fallaron. Después, desató los palos y le tendió uno a cada uno. Entonces, no tuvieron problemas en romperlos.

—Veis, queridos hijos —dijo—, unidos seréis más fuertes ante el enemigo. Sin embargo, si os peleáis y separáis, vuestra debilidad os pondrá a merced de quien os ataque.

La unión hace la fuerza.

103

La rana que decía ser médico y la zorra

Érase una vez una rana que salió de su hogar en el pantano y anunció a todo el mundo que era una doctora experimentada, con experiencia en medicamentos y capaz de curar todas las enfermedades. Entre la multitud, había una zorra que gritó:

—¿Tú, doctora? ¿Cómo vas a curar a otros cuando no puedes siquiera curar tus débiles patas y la piel llena de manchas y arrugas?

Médico, cúrate a ti mismo.

Es necedad hacer alarde de profesor de una ciencia que se ignora.

104

La lechuza y las palomas

Una lechuza que contemplaba a las palomas en un corral sintió una gran envidia al ver lo bien que las alimentaban y decidió disfrazarse como una de ellas con la intención de conseguir una ración de los deliciosos alimentos de los que disfrutaban. De esa manera, se pintó de blanco de la cabeza a las patas y se unió a la bandada. Mientras estuvo en silencio, ninguna sospechó que no fuera una paloma como las demás. Sin embargo, un día, tuvo la imprudencia de empezar a ulular. Entonces, se percataron del disfraz y la picotearon de forma tan despiadada que se alegró de escapar y unirse a las aves de su propia especie. Sin embargo, las demás lechuzas no la reconocieron al verla vestida de blanco y no le permitieron que se alimentara con ellas, sino que la expulsaron. De esta manera, sus esfuerzos la convirtieron en una vagabunda sin hogar.

105

El joven en el río

Un joven se estaba bañando en un río hasta que llegó a una parte demasiado profunda para él, con lo que se encontró en gran peligro de ahogarse. Un hombre que pasaba por un camino cercano, alarmado al oír sus gritos de auxilio, se acercó a la orilla y comenzó a reñirle por haber sido tan imprudente como para sumergirse en aguas tan profundas. Sin embargo, no hizo ademán alguno de ayudarle.

—Oiga, señor —gritó el joven—, ¿puede ayudarme primero, por favor, y regañarme después?

Ofrece ayuda, no consejos, en situaciones difíciles.

El joven en el río

Esopo

106

El náufrago y el mar

Un náufrago llegó a la playa y se quedó dormido tras luchar contra las olas. Cuando se despertó, le reprochó con amargura al mar su traición al tentar a los hombres con su superficie lisa y alegre antes de lanzar su rabia contra ellos al embarcar y enviar tanto al barco como a los marineros a su destrucción. El mar se elevó en forma de mujer y contestó:

—No me culpes a mí, oh, marinero, sino al viento. Por naturaleza, soy tan calmado y seguro como la propia tierra, pero, cuando el viento se lanza contra mi superficie con sus ráfagas y vendavales, me ata a una furia que no es propia de mí.

107

La cabra y el buey

Una cabra se burlaba de un buey que estaba arando, porque mientras ella saltaba ociosa él trabajaba; pero llegó un día en que se hacían sacrificios a los dioses, y tomaron la cabra para sacrificarla, lo que visto por el buey le dijo:

—Hola, amiga, ¿estabas antes sin trabajar para ser sacrificada ahora?

Las gentes ociosas caen en graves desgracias.

108

El niño y las avellanas

Un niño metió la mano en un tarro con avellanas y cogió todas las que pudo mantener en su puño. Sin embargo, cuando trató de sacarlo, descubrió que no podía hacerlo porque la boca del tarro era demasiado pequeña para permitirle pasar un puñado tan grande. Sin querer soltar los frutos secos, pero incapaz de sacar la mano, el niño se echó a llorar. Un transeúnte, al comprender el problema, le dijo:

—Vamos, niño, no seas tan avaricioso. Conténtate con la mitad y podrás sacar la mano sin dificultad.

Quien mucho abarca poco aprieta.

109

El médico

Muriose un enfermo a quien visitaba un médico, y llegando éste cuando le estaban amortajando, dijo a los que allí se hallaban:

—Si este hombre se hubiera abstenido de beber vino y hubiera usado de las lavativas, sin duda no habría muerto.

Oyendo esto le respondió uno, con no poca gracia:

—Médico, esos consejos se los debisteis dar cuando estaba vivo y podían aprovecharle, no ahora que para nada le sirven.

Enseña esta fábula que el consejo, por bueno que sea, si es fuera de tiempo de nada sirve.

110

El león y el jabalí

Un día caluroso y seco en el punto álgido del verano, un león y un jabalí llegaron a la vez a un pequeño manantial para beber. Enseguida empezaron a pelearse sobre quién debía beber primero. La discusión se volvió tan acalorada que se atacaron con la mayor rabia posible. Entonces, al detenerse durante un momento para tomar aliento, vieron a unos buitres posados sobre una roca, esperando de forma evidente a que uno de ellos muriera. Después, volarían hasta allí y se alimentarían del cadáver. La imagen serenó al león y al jabalí de inmediato y resolvieron la disputa, diciendo:

—Es mucho mejor que seamos amigos a que luchemos y nos coman los buitres.

111

El niño y la ortiga

Un niño estaba recogiendo bayas de un matorral cuando se pinchó con una ortiga. Sufriendo por el dolor, corrió a contárselo a su madre y le dijo entre sollozos:

—Apenas la he tocado, madre.

—Por eso te has pinchado, hijo mío —contestó la mujer—. Si la hubieras apretado en el puño, no te habrías hecho el más mínimo daño.

112

El perro en el pesebre

Un perro estaba tumbado en un pesebre sobre el heno que habían dejado allí para el ganado. Cuando este llegó e intentó comer, el perro gruñó y ladró, sin dejar que se acercara a su comida.

—¡Qué bestia tan egoísta! —dijo una de las cabezas de ganado al resto—. No puede comerlo él, pero tampoco permite comer a los que sí podemos.

El perro en el pesebre

113

El leopardo y las monas

En la Mauritania abundan extraordinariamente las monas, y los leopardos que son sus más terribles enemigos, cuando no pueden cazarlas por la fuerza, pues ellas se suben huyendo a los árboles más altos, usan de estratagemas para pillarlas. Uno de éstos, pues, viendo que gran número de monas al sentirle se habían subido a un árbol, se fingió desfallecido y se arrojó en el suelo, poniéndose boca arriba y estirando las piernas como si efectivamente hubiese caído muerto. Las monas que estaban en el árbol sumamente gozosas de aquel suceso, cuando juzgaron que estaba muerto enviaron a una para que lo reconociese; acercose ésta al leopardo, primero temerosa y poco a poco, pero viendo que no hacía el más pequeño movimiento, se echó junto a él, imitando las convulsiones y muerte del leopardo, y finalmente se le subió encima. Viendo esto las demás monas, perdido ya el miedo, bajaron del árbol y rodearon todas el cadáver, jugando y saltando sobre él. Cuando el leopardo conoció que estaban cansadas, levantándose de repente y pillando a unas con los dientes y a otras con las garras, hizo en ellas gran destrozo.

Es preciso guardarse mucho del enemigo que finge debilidad.

114

Zeus y la tortuga

Zeus estaba a punto de casarse y decidió celebrar el acontecimiento invitando a todos los animales a un banquete. Sólo faltó la tortuga, que no apareció, para sorpresa de Zeus. Así, cuando volvió a encontrársela, le preguntó por qué no había ido al banquete.

—No me gusta salir —contestó la tortuga—. No hay ningún lugar como mi casa.

A Zeus la contestación le molestó tanto que decidió que, desde ese momento, la tortuga llevaría la casa sobre la espalda y nunca podría salir de ella, aunque quisiera.

Esopo

115

La mujer y el marido muerto

Una mujer, sumamente afligida por là muerte de su marido, se fue a una casa cerca del cementerio donde estaba enterrado, para llorar allí. En aquellos mismos días cometió un hombre un delito por el cual fue ahorcado por la justicia, y después, según costumbre, pusieron para guarda del ajusticiado un soldado de a caballo. El soldado fatigado, de la sed, fue a la casa en que vivía la mujer a pedir agua, y viéndola le agradó en extremo. Con este motivo iba el soldado muy a menudo para hablar con ella, dejando al ajusticiado abandonado en el suplicio. Al principio la consolaba; después, requiriéndola de amores se enamoraron los dos, y estando una vez entretenido con ella, le hurtaron el ahorcado. Viéndose el soldado en este conflicto, y temiendo el castigo de su culpable descuido, corrió a casa de la mujer, le manifestó su apuro y le rogó que viese el modo de cubrir su falta: la mujer entonces, compadecida de él, desenterró a su marido, púsole en la horca en lugar del ajusticiado y así encubrió el descuido de su amante.

Esta fábula demuestra lo débil y variable de los afectos humanos, y lo poco que se debe fiar de ellos.

116

Los bueyes y el eje de la carreta

Un par de bueyes estaban arrastrando por un camino un pesado vagón. Mientras se esforzaban tirando del yugo, el eje crujía y gruñía con fuerza. Aquello fue demasiado para los bueyes, quienes se giraron indignados y dijeron:

—Eh, ¡tú! ¿Por qué haces tanto ruido si somos nosotros los que hacemos todo el trabajo?

Los que más se quejan son los que menos sufren.

117

La corneja y las aves

Zeus anunció que pretendía nombrar al rey de los pájaros. Concretó un día para que se presentaran ante su trono y así poder elegir al más hermoso de todos para que fuera su gobernador. Como deseaban tener el mejor aspecto posible para la ocasión, se acicalaron en las orillas de un riachuelo, donde se dedicaron a lavar y arreglar sus plumas.

La corneja estaba allí junto al resto. Al darse cuenta de que con su feo plumaje no tendría oportunidad de ser la elegida, esperó a que los demás se fueran y recogió las plumas más llamativas que se les habían caído para atárselas al cuerpo, de forma que su aspecto fuera el más variopinto de todos.

Cuando llegó el día señalado, los pájaros se reunieron ante el trono de Zeus. Tras examinarlos, estaba a punto de convertir a la corneja en reina cuando el resto se abalanzó sobre la elegida, la despojaron de las plumas robadas y la desenmascararon como la corneja que era.

118

El hombre y el león

Un hombre y un león se hicieron compañeros en un viaje y, durante el transcurso de una conversación, comenzaron a presumir de sus poderes. Cada uno aseguraba tener más fuerza y valor que el otro. Seguían discutiendo con bastante pasión cuando llegaron a una encrucijada en la que había una estatua de un hombre que estaba estrangulando a un león.

—Ahí lo tienes —dijo el hombre triunfal—. ¡Mira! ¿No demuestra eso que somos más fuertes que vosotros?

—No tan rápido, amigo mío —contestó el león—. Esa es tu interpretación de la situación. Si los leones pudiéramos construir estatuas, seguro que en la mayoría se vería al hombre debajo.

Toda cuestión cuenta con dos versiones.

Las ranas pidiendo rey

119

Las ranas pidiendo rey

Hubo un tiempo en el que las ranas se sintieron infelices porque no tenían a nadie que las gobernara. Por eso, enviaron a un representante ante Zeus para pedirle que les otorgara un rey. El dios, desdeñando una petición tan ridícula, colocó un tocón en el estanque en el que vivían y dijo que ese sería su rey.

Al principio, las ranas se asustaron por la manera en la que el tocón había golpeado el agua y se escondieron en las profundidades del estanque, pero, poco a poco, cuando vieron que permanecía inmóvil, se aventuraron una a una a la superficie de nuevo. Poco después, se volvieron más valientes y comenzaron a sentir tal desprecio por él que incluso se atrevieron a sentarse encima. Al pensar que un rey así era un insulto para su dignidad, volvieron a presentarse ante Zeus y le suplicaron que derrocara a aquel rey perezoso y les diera otro mejor. Zeus, enfadado porque le molestaran de esa manera, envió a una cigüeña para que las gobernara. Tan pronto como llegó, cogió las ranas y se las comió lo más rápido que pudo.

Demuestra esta fábula que regularmente se pide lo que nos arrepentimos de lograr si se alcanza.

Las ranas pidiendo rey

Esopo

120

El mercader y el asno

Iba un mercader por un camino con un asno cargado y le pegaba a cada momento con la vara para que aligerase el paso, a fin de llegar más pronto a una feria a que iba a vender sus mercancías. El asno, viéndose tan cargado y castigado sin razón, caminando más de lo que podían sus fuerzas, deseaba con ansia la muerte, pensando que después de muerto tendría al menos sosiego y tranquilidad. Finalmente, fue tanta su fatiga y cansancio que agotadas las fuerzas murió, pero después de muerto le desolló el mercader y empleó su cuero en hacer panderos.

Ninguno debe desear la muerte para salir de los trabajos en que vive.

121

Los dos bolsos

Todos los hombres portan dos bolsos, uno delante y otro detrás, ambos llenos de defectos. El de la parte delantera contiene los de sus vecinos y el de la trasera, los suyos propios. De ahí que los hombres no vean sus defectos, pero nunca se les pasen por alto los de los demás.

122

La tortuga y el águila

Una tortuga, descontenta con su humilde vida, les tenía envidia a los pájaros que se divertían en el aire, por lo que le suplicó al águila que le enseñara a volar. El águila advirtió que era inútil que lo intentara porque la naturaleza no la había provisto de alas. Sin embargo, la tortuga lo presionó con súplicas y promesas de riquezas, insistiendo en que quizás sólo era cuestión de aprender el arte del aire. Al final, el águila aceptó hacer todo lo posible por ella y la levantó con sus garras. Tras elevarse a una gran altura por el cielo, la dejó en libertad. La desgraciada tortuga cayó de cabeza y se hizo pedazos contra una roca.

Es locura el engreírse con los favores de la fortuna; los principios más prósperos acaban a veces en graves desgracias.

123

Hermes y el escultor

Hermes estaba ansioso por saber en cuánta estima lo tenía la humanidad. Así, se disfrazó de hombre y entró en el estudio de un escultor, donde había varias estatuas acabadas y a la venta. Al ver una estatua de Zeus entre las demás, preguntó por su precio.

—Una corona —contestó el escultor.

—¿Eso es todo? —dijo, echándose a reír. Luego, señaló a una de Hera y preguntó—: ¿Cuánto por esta?

—Esa —respondió— cuesta media corona.

—¿Y cuánto pides por esa de allí? —continuó, señalando a una estatua de sí mismo.

—¿Esa? —dijo el escultor—. Ah, te la regalo si compras las otras dos.

124

El lobo y los pastores

Un lobo cayó en una trampa, y acudiendo unos pastores le herían y maltrataban con palos y con piedras; pero uno de ellos compadeciéndose de él le dijo a sus compañeros que no lo matasen, y enseguida le dio algunos pedazos de pan. Venida la noche, se fueron todos para sus casas, pensando que moriría el lobo. Pero éste recobrando sus fuerzas saltó del hoyo y se fue a su cueva, y algunos días después, acordándose de las injurias que había recibido, se echó con gran furia sobre los ganados de los pastores, haciendo en ellos mucho destrozo. Viendo esto, vino el pastor que le había salvado la vida y le rogó no hiciese daño en el suyo. A lo que el lobo le respondió:

—Pierde cuidado, pues yo solamente hago daño a los que me injuriaron y maltrataron.

No hagas mal a nadie, pues la injuria no queda sin castigo. El que hoy tienes sujeto, puede mañana verse libre y vengarse de las injurias que le hayas hecho; así pues, sé compasivo con todo el mundo.

125

El nogal

Un nogal, que crecía a un lado del camino, daba gran cantidad de frutos todos los años. Los transeúntes que pasaban cerca golpeaban sus ramas con palos y piedras para hacer caer los frutos, con lo que el árbol sufría enormemente.

—Es duro ver —exclamó el nogal— que las personas que saborean mis frutos son las mismas que me recompensan con insultos y golpes.

126

Los ratones y las comadrejas

Había una guerra entre los ratones y las comadrejas, en la que los primeros iban perdiendo, puesto que a muchos los habían matado las segundas para comérselos. Así, formaron un consejo de guerra, en el que un viejo ratón se puso en pie y dijo:

—No me extraña que nos ganen porque no tenemos generales que planeen nuestras batallas y dirijan nuestros movimientos en el campo.

Siguiendo su consejo, eligieron a los ratones más grandes para que fueran sus líderes y éstos, con el fin de distinguirse de los soldados rasos, se procuraron cascos con enormes penachos de paja. Entonces, guiaron a los ratones a la batalla, seguros de su victoria. No obstante, sufrieron una derrota, como siempre, y pronto corretearon a sus madrigueras. Todos se pusieron a salvo sin problema excepto los líderes, cuyos penachos supusieron tal obstáculo que no lograron entrar en las madrigueras y se convirtieron fácilmente en víctimas de sus perseguidores.

127

El niño en el tejado

Un niño se subió al tejado de un cobertizo, atraído por los hierbajos y otras cosas que crecían entre la paja. Mientras indagaba por allí, percibió a un lobo que pasaba por debajo y se burló de él porque no podía alcanzarlo. El lobo sólo miró hacia arriba y dijo:

—Te estoy oyendo, joven amigo, pero no eres tú quien se debe reír de mí, sino el techo sobre el que te encuentras.

128

El jabalí y la zorra

En el bosque, un jabalí salvaje estaba atareado afilándose los colmillos en la corteza de un árbol cuando llegó una zorra y, al ver lo que estaba haciendo, le preguntó:

—Perdona, ¿por qué haces eso? Hoy no han salido los cazadores y no hay ningún otro peligro a la vista.

—Cierto, amiga mía —contestó el jabalí—, pero, cuando mi vida esté en peligro, deberé usar los colmillos. No tendré tiempo entonces de afilarlos.

129

El viajero y su perro

Un hombre estaba a punto de iniciar un viaje cuando le dijo a su perro, que se desperezaba cerca de la puerta.

—Vamos, ¿por qué bostezas? Apresúrate y ponte en marcha. Quiero que vengas conmigo.

Sin embargo, el perro sólo movió la cola y contestó con voz calmada:

—Estoy preparado, dueño. Es a ti a quien espero.

130

El zorro que perdió la cola

Una vez un zorro cayó en una trampa y, tras luchar por liberarse, lo consiguió, pero perdió la cola. Entonces, se sintió tan avergonzado por su apariencia que pensó que no merecía la pena seguir viviendo hasta que persuadiera a los otros zorros para que se deshicieran de sus colas también y así su pérdida no llamara la atención. Por eso, organizó una reunión con todos los zorros y les aconsejó cortarse la cola.

—Son muy feas —dijo— y muy pesadas. Cansa tener que llevarlas siempre a todos lados.

Sin embargo, uno de los otros zorros contestó:

—Amigo mío, si no hubieras perdido la tuya, no estarías tan interesado en que nos cortáramos la nuestra.

El zorro que perdió la cola

131

El águila y su captor

Una vez un hombre atrapó a un águila y, tras cortarle las alas, lo soltó entre las aves de corral del gallinero, donde se refugió en una esquina, deprimido, con aspecto alicaído y abandonado. Tras un tiempo, su captor decidió venderlo a un vecino, quien se lo llevó a casa y permitió que le volvieran a crecer las alas. Tan pronto como las recuperó y pudo usarlas, el águila echó a volar y atrapó a una liebre, que llevó a casa y presentó ante su benefactor.

Un zorro, al observarlo, le dijo al águila:

—No malgastes los regalos con él. Ve y dáselos al hombre que te atrapó primero. Conviértelo en tu amigo y quizás entonces no vuelva a capturarte y cortarte las alas una vez más.

Esta fábula enseña que es justo mostrarse agradecidos a los bienhechores y que se debe huir de los perversos.

132

El ciervo, la oveja y el lobo

Un ciervo pidió a cierta oveja que le devolviese una fanega de trigo que falsamente decía le tenía prestada, poniendo por testigo de ello a un lobo que estaba presente. La oveja, espantada por la presencia del lobo, confesó que era verdad, y pidió plazo para pagarla, que otorgó el ciervo. Pasado el término, volvió el ciervo a pedir el trigo, y entonces le dijo la oveja:

—Mi promesa fue forzada, viéndome en presencia de mi enemigo; pero ahora que él no está, y estoy sin miedo, te niego lo prometido, pues lo que se promete a la fuerza no es obligatorio.

Es derecho repeler la fuerza con la fuerza, y esta fábula demuestra que se debe hacer frente al fraude con otro fraude.

133

La zorra que nunca había visto a un león

La zorra que nunca había visto a un león

Una zorra que nunca había visto a un león se encontró un día con uno y se asustó tanto al tenerlo delante que a punto estuvo de morir de miedo.

La zorra que nunca había visto a un león

Tras un tiempo, volvió a toparse con él y volvió a sentir pavor, pero no tanto como cuando se habían encontrado la primera vez. Cuando lo vio por tercera vez, estaba tan lejos de sentirse asustada que se acercó a él y comenzó a hablarle como si le conociera de toda la vida.

134

El pavo real y Hera

El pavo real estaba muy descontento porque no tenía una voz bonita como el ruiseñor. Así, se dirigió a Hera para quejarse:

—La melodía del ruiseñor —dijo— es la envidia de todos los pájaros, pero cada vez que yo canto me convierto en su hazmerreír.

La diosa trató de consolarlo contestando:

—Es cierto que no cuentas con el poder del canto, pero superas a todos los demás con tu belleza. Tu cuello relampaguea como la esmeralda y tu espléndida cola es una maravilla de preciosos colores.

Sin embargo, el pavo real no quedó convencido.

—¿De qué sirve ser hermoso con una voz como la mía?

Entonces, Hera replicó con una sombra de severidad en su tono:

—El destino ha asignado a cada uno su don. Para ti, la belleza; para el águila, la fuerza; para el ruiseñor, el canto, y así con todos los demás. Sin embargo, sólo tú estás insatisfecho con lo que te ha tocado. No vuelvas a quejarte porque, si se cumple tu deseo actual, pronto encontrarás la causa de un nuevo descontento.

Debe contentarse cada uno con lo que Dios le dio, pues Él sabe lo que más nos conviene.

135

El olivo y la higuera

Un olivo se burló de una higuera porque perdía sus hojas en cierta estación del año.

—Tú —le dijo— pierdes las hojas todos los otoños y permaneces desnuda hasta la primavera mientras que yo, como ves, me mantengo verde y exuberante todo el año.

Poco después, cayó una fuerte nevada que se posó sobre las hojas del olivo, por lo que se dobló y rompió bajo su peso. Sin embargo, los copos caían inofensivos a través de las ramas desnudas de la higuera, que sobrevivió muchas cosechas más.

136

El granado, el manzano y la zarza

Un granado y un manzano estaban discutiendo sobre la calidad de sus frutos. Cada uno aseguraba que los suyos eran los mejores. Se intercambiaron fuertes palabras y, cuando se hizo inminente una contienda violenta, una zarza, de forma imprudente, sacó la cabeza de un matorral cercano y dijo:

—Venga, amigos, ya basta. No nos peleemos.

137

El grajo soberbio y los pavos reales

Un grajo vanidoso recogió las plumas, que se le habían caído a un pavo real, se engalanó con ellas, y desdeñando luego a los otros grajos, se entremetió en la hermosa manada de los pavos reales, los cuales conociendo que no era de su especie, le arrancaron las plumas hurtadas y le echaron de sí a picotazos. El grajo, viéndose tan mal tratado, medio muerto y lleno de vergüenza, se aproximó a los suyos, los que también despreciándole lo arrojaron de sí. Entonces uno de los grajos, a quienes había menospreciado antes, le dijo:

—Si te hubieras contentado con vivir entre nosotros, y querido pasar con lo que te dio la naturaleza, ni hubieras padecido aquella afrenta, ni ahora tendrías que sentir esta repulsa.

Consideren esta fábula los que no contentos de su estado y dones de la naturaleza, se cubren de adornos artificiales, que muchas veces causan su vergüenza e infamia.

138

El buitre y las otras aves

Fingiendo un buitre que quería celebrar el día de su nacimiento, convidó a las otras aves menores a cenar, y cuando las tuvo dentro de su cueva, cerró la entrada y comenzó a matar una y después a otra, hasta acabar con todas.

Cuando un poderoso te halaga y te convida, guarda que no te engañe.

139

El ciervo y el cervatillo

Un ciervo le dijo a su cervatillo, que había crecido fuerte y sano:
—Hijo mío, la naturaleza te ha dado un cuerpo poderoso y un par de cuernos robustos. No entiendo por qué eres tan cobarde como para huir de los sabuesos.

Entonces, se oyó el sonido de una jauría a toda prisa, aunque a una distancia considerable.
—Quédate ahí —dijo el ciervo—. No te preocupes por mí.

Tras eso, salió corriendo todo lo rápido que le permitieron sus patas.

La grandeza presenta sus propias penas.

140

El herrero y su perro

Un herrero tenía un pequeño perro que solía dormir cuando su dueño estaba trabajando, pero se despertaba cuando llegaba la hora de comer. Un día, su dueño se mostró molesto por esa actitud. Cuando le lanzó un hueso, como siempre, dijo:
—¿De qué diablos sirve un chucho perezoso como tú? Cuando golpeo el yunque, te haces un ovillo y duermes, pero, en cuanto me detengo para llevarme un pedazo de comida a la boca, te despiertas y mueves la cola para que te alimente.

Los que no trabajan merecen morirse de hambre.

141

El perro que perseguía al lobo

Un perro estaba persiguiendo a un lobo y, mientras corría, pensó de sí mismo que era muy hermoso, con unas patas tan fuertes que le permitían recorrer el terreno muy rápido.

—Y luego está este lobo —se dijo—. ¡Pobre criatura! No es rival para mí y lo sabe. Por eso, huye.

No obstante, el lobo se dio media vuelta y contestó:

—No pensarás que huyo de ti, ¿verdad, amigo? Es a tu dueño a quien temo.

142

Los cuadrúpedos y las aves

Los cuadrúpedos y las aves, que estaban en continua guerra, se dieron una batalla, durante la cual el murciélago temiendo el éxito de ella, y viendo que los cuadrúpedos eran más poderosos, desertó de las aves y se pasó a los enemigos. Pero, llegando el águila poco después, esforzó de tal manera a las aves, que peleando con mayor esfuerzo, vencieron a los cuadrúpedos. Últimamente se hicieron las paces, y todos condenaron al murciélago a quitarle las plumas en castigo de su perfidia, y le prohibieron que jamás se presentase a su vista; por cuya razón el murciélago nunca sale de día sino de noche.

El que huye de ser participante de las adversidades y peligros de sus compañeros, será desechado por ellos en los días prósperos.

143

Hermes y los comerciantes

Cuando Zeus estaba creando al hombre, le dijo a Hermes que hiciera una infusión de mentiras y añadiera una pizca a los otros ingredientes que servían para elaborar a los comerciantes. Hermes lo hizo y agregó una cantidad igual para cada uno: al proveedor de sebo, al frutero, al sastre... Entonces, llegó el vendedor de caballos, el último de la lista, y al darse cuenta de que aún quedaba bastante infusión, se la echó entera a él. Por eso, todos los comerciantes mienten más o menos, pero ninguno tanto como el vendedor de caballos.

144

Los dos soldados y el ladrón

Dos soldados viajaban juntos cuando un ladrón los atacó. Uno de ellos echó a correr, pero el otro permaneció firme y se defendió con la espada de manera tan habilidosa que el ladrón se vio obligado a huir y los dejó en paz. Cuando el peligro hubo pasado, el asustadizo volvió corriendo y, tras sacar el arma, exclamó con voz amenazadora:

—¿Dónde está? Yo me encargo. Pronto le haré saber a quién se está enfrentando.

Sin embargo, el otro contestó:

—Querido amigo, llegas un poco tarde. Hubiera deseado que me hubieras apoyado, aunque no hubieses hecho más que hablar porque tus palabras me habrían animado al pensar que eran ciertas. Sin embargo, ahora cálmate y guarda la espada porque ya no hay necesidad de usarla. Quizás hagas creer a otros que eres tan valiente como un león, pero yo sé que, ante la primera señal de peligro, huyes como una liebre.

145

El hombre y la estatua

Un hombre pobre tenía una estatua de madera de un dios al que solía rezar a diario, pidiéndole riquezas. Lo hizo durante mucho tiempo, pero seguía siendo tan pobre como siempre. Un día, cogió la estatua enfadado y la lanzó con todas sus fuerzas contra la pared. La violencia del golpe hizo que la cabeza se rompiera y cayeran al suelo varias monedas de oro. El hombre las recogió, ávido, y dijo:

—¡Viejo fraude! Cuando te honré, no me hiciste ningún bien, pero, en cuanto te he tratado con insultos y violencia, me has convertido en un hombre rico.

Esta fábula demuestra que casi siempre pierde el codicioso lo que tiene en su poder, queriendo tomar lo ajeno.

146

El criado negro

Una vez, un hombre compró un esclavo de Etiopía, con la piel tan negra como todos los demás etíopes. Sin embargo, su nuevo patrón pensó que su color se debía a que sus antiguos dueños no lo habían aseado, por lo que quiso darle un buen baño. Así, se dispuso a trabajar con mucho jabón y agua caliente y lo frotó a conciencia. No obstante, no sirvió de nada porque su piel siguió siendo tan negra como siempre y el pobre desgraciado murió por el resfriado que pilló.

Muestra esta fábula que no se pueden quitar ciertos defectos que provienen de la naturaleza.

147

El asno y el viejo pastor

Un viejo pastor estaba sentado en un prado, observando a su asno, que pacía cerca. De repente, avistó a un grupo de hombres armados que se aproximaban de manera furtiva. Se puso en pie de un salto y le suplicó al asno que corriera lo más rápido posible.

—Si no —añadió—, el enemigo nos capturará a ambos.

Sin embargo, el burro miró de forma perezosa a su alrededor y contestó:

—Si ocurriera, ¿crees que me harían transportar cargas más pesadas de las que debo soportar ahora?

—No —respondió el dueño.

—Ah, bueno —dijo el asno—. Entonces, no me importa si nos atrapan porque mi situación no empeorará.

148

El perro y el trozo de carne

Un perro estaba cruzando un puente de madera sobre un ria-chuelo con un pedazo de carne en la boca, cuando vio su propio reflejo en el agua. Pensó que era otro perro con un pedazo de carne el doble de grande, por lo que soltó el suyo y se lanzó hacia el otro para conseguir el pedazo más grande. Por supuesto, acabó quedán-dose sin ninguno de los dos: uno era sólo un reflejo y al otro se lo llevó la corriente.

El perro y el trozo de carne

149

La raposa y el lobo pescador

Estando una raposa comiéndose un pescado cerca de un río, llegó un lobo hambriento y pidió le diese parte de él. La raposa le dijo:

—Señor, no me hables de eso, porque no te sería decoroso que comieses de las sobras de mi mesa; no quiera el cielo que te abandones en tanto grado. Oye, pues, un consejo que quiero darte. Trae una cesta y te enseñaré a pescar, para que cuando te falte la cacería, al menos no te falte pescado para alimentarte.

Oyendo estas razones el lobo, se fue al primer lugar, hurtó una cesta bien grande y trájola a la raposa, quien la ató a la cola del lobo, y le dijo entrase en el agua y fuese delante arrastrando la cesta, mientras ella iba detrás moviendo los peces. El crédulo lobo entró en el río con su cesta atada al rabo, y la raposa iba detrás echando piedras dentro de la cesta; y estando ya llena la cesta de piedras, dijo el lobo:

—¿Qué es esto? ¿Tan llena está la cesta que no puedo moverla?

Respondió la raposa:

—Amigo, doy gracias al cielo, porque has salido buen pescador; espera un poco mientras voy a buscar quien nos ayude a sacar este pescado.

Entonces se fue la raposa al caserío y dijo a los ganaderos:

—Vengo a traeros una buena noticia, y es que el lobo que da fin de vuestros ganados, no contento de ello, aun pesca los peces de vuestro río.

Oyendo esto fueron todos con perros, lanzas y palos a buscar al lobo, y viéndolo de aquella manera, le herían todos a porfía; pero uno de ellos, queriendo darle una cuchillada, erró el golpe, y le cortó la cola; entonces viéndose el lobo libre, aunque sin cola, escapó medio muerto y se refugió en un sitio fragoso.

En este tiempo, un león se hallaba en aquellas montañas muy enfermo, y lo iban a visitar todos los animales. Fue también a visitarlo el lobo, todavía no repuesto de sus heridas, y deseoso de vengarse de la raposa, le dijo:

—Mi señor y mi rey, he andado hasta ahora buscando medicina para tu salud, y no la he hallado; pero he sabido que hay en esta provincia una raposa de particular virtud para curar toda suerte de enfermedades; hazla llamar y quítale el pellejo de manera que quede viva, envuélvete el vientre y el estómago con él y sanarás al instante.

La raposa que se hallaba casualmente cerca y oyó todo esto, metiéndose en un barrizal se llenó de lodo, y luego que salió el lobo, entró ella a visitar al león y le dijo:

—Te suplico que no me hagas daño.

—No tengas miedo —dijo el león— pero llégate más acá, que te quiero besar y decirte un secreto.

La raposa le dijo:

—Ya ves, señor, que con la prisa con que he venido a visitarte no he tenido tiempo de limpiarme y estoy llena de lodo y basura, y me da vergüenza acercarme a ti, temiendo causarte enojo y hastío. Me limpiaré primero, y después vendré y me dirás lo que quieras; pero antes que me vaya, te quiero decir la causa de haber venido con tanta prisa. He andado por lejanas tierras buscando medicina para curar tu dolencia, y me ha dicho un físico griego de Atenas que en esta provincia hay un lobo bastante grande, al cual quitaron la cola para cierta medicina, pues dicen tiene particular virtud para curar toda suerte de enfermedades. Así, puedes llamarlo, y cuando lo tengas en tu presencia, puedes quitarle el cuero, dejándole vivo, con la advertencia que le dejes la cabeza y los pies por desollar, porque me han prevenido que estas partes eran ponzoñosas; con su cuero envuelve tu vientre, y al momento te pondrás bueno.

Dichas estas palabras se fue. Poco después vino el lobo, y acercándose al león, éste le cogió, le quitó el cuero y, caliente, se lo aplicó al vientre, conforme la raposa le había dicho. El lobo así desollado se fue a la montaña, donde las avispas y las moscas comenzaron a picarle, de tal modo que huía sin saber a dónde parar. La raposa, que estaba en la cresta de un peñasco llamándole con gran risa, le dijo:

—¿Quién eres tú, que vas con sombrero en la cabeza, guantes en las manos en tiempo tan caluroso y huyes sin saber lo que te haces? Escucha esto que te digo: Cuando fueres a la corte, habla bien de todos, y si no quieres decir bien, no digas mal al menos.

Nunca la venganza es permitida. Cuando alguno te ha injuriado, y no puedes remediarlo, lo mejor es darlo al olvido.

El oso y la zorra

150

El lobo, la madre y el niño

Un lobo hambriento estaba vagando en busca de comida. Entonces, el llanto de un niño lo atrajo hasta una cabaña. Mientras se agazapaba bajo la ventana, oyó que la madre le decía a su hijo:

—Deja de llorar o haré que el lobo venga a por ti.

Al pensar que lo decía en serio, el animal esperó durante mucho tiempo con la esperanza de saciar su hambre. Por la tarde, oyó que la madre acariciaba a su hijo mientras le decía:

—Si viene el lobo malo, no se llevará a mi pequeño. Papá lo matará.

El lobo se levantó, enfadado, y se alejó.

—En cuanto a las personas de esa casa —se dijo—, no puedes creer ni una palabra de lo que digan.

151

El oso y la zorra

Érase una vez un oso que se regodeaba por su nobleza y sofisticación en comparación con otros animales. De hecho, cuenta la tradición que un oso nunca tocaría un cadáver. Una zorra, que lo oyó hablar de este tema, sonrió y dijo:

—Querido amigo, cuando tengas hambre, espero que centres tu atención en los muertos y dejes a los vivos en paz.

Un hipócrita no engaña a nadie, excepto a sí mismo.

152

La zorra, el oso y el león

Un león y un oso estaban peleando por un niño que habían atrapado a la vez. La batalla fue larga y apasionada, por lo que al final los dos estaban agotados y se tumbaron en el suelo con graves heridas, jadeando en busca de aire. Una zorra que había estado todo ese tiempo vagando alrededor y observando la pelea, al ver que los contendientes permanecían tumbados, demasiado débiles para moverse, se coló entre ellos y se hizo con el niño antes de huir con él. La observaron, impotentes, y uno le dijo al otro:

—Nos hemos estado peleando todo este tiempo y ninguno ha demostrado ser el mejor, excepto la zorra.

153

El león y el burro silvestre

Un león y un onagro fueron juntos de caza. El segundo debía agotar a la presa con su gran velocidad. Después, el primero aparecería y la mataría. Descubrieron que la estrategia era un éxito. Cuando llegó la hora de compartir el botín, el león lo dividió en tres porciones iguales.

—Yo me quedaré con la primera —dijo— porque soy el rey de las bestias. Me quedaré también con la segunda porque, como tu compañero, me corresponde la mitad de lo que sobra. En cuanto a la tercera, a menos que me la ofrezcas y te marches a toda prisa, créeme que haré que te compadezcas de ti mismo.

No hay razón como la del bastón.

154

El rico y el curtidor

Un hombre rico estableció su residencia junto a la casa de un curtidor y descubrió que el olor de la curtiduría era tan desagradable que ordenó que se fuera. Como el curtidor retrasaba su partida, el rico tuvo que hablar con él sobre el tema varias veces. El curtidor siempre le contestaba que estaba haciendo algunas gestiones para mudarse muy pronto. Así, pasó cierto tiempo hasta que, al final, el rico se acostumbró tanto al olor que dejó de importarle y no volvió a molestar al curtidor con sus protestas nunca más.

155

El lobo y el presagio

Cierto día, levantándose un lobo muy de mañana, vio una señal favorable y dijo:

—Esto es de muy buen agüero. Doy gracias a los cielos, pues hoy me hartaré a mi gusto.

Así, pues, se fue muy contento a buscar aventuras.

Halló en el camino mucha manteca de puerco, que se había caído a unos arrieros, y volviéndola y revolviéndola, la olió muchas veces y dijo:

—No comeré hoy de ti, porque sueles descomponerme el vientre, y estoy cierto que hoy tendré mejor comida, según el pronóstico de esta mañana.

Un poco más adelante halló una lonja de tocino salado y seco, oliendo el cual dijo:

—No comeré hoy de ti, pues estoy cierto que hallaré cosa mejor.

Bajando después a un valle halló una yegua con su hijo y dijo entre sí: Gracias al cielo, ya sabía yo que hoy había de hartarme de buena comida, y llegándose a la yegua le dijo:

—Vengo muy cansado, tengo hambre y me habrás de dar a tu hijo, para que le coma.

La yegua respondió:

—Haz lo que gustares; pero, señor, ayer caminando se me hincó una espina en este pie; ruégote que, pues eres cirujano afamado, me la saques y cures primero, y después te comerás a mi hijo.

Creyendo esto el lobo, se llegó al pie de la yegua para sacarle la espina, y ella le dio tan grande coz en la frente, que dio con él en el suelo, y librándose así del lobo, se fue con su hijo a la montaña. El lobo, recobrando los sentidos, dijo:

—No hago caso de esta injuria, esto que hoy espero hartarme, y continuó su camino.

Apenas hubo andado un poco, halló dos carneros que pacían en un prado, y dijo para sí: Ahora sí que comeré a mi gusto, y llegándose a ellos les dijo:

—Preparaos, pues me voy a comer a uno de vosotros.

—Haz lo que quieras, respondió uno de ellos, pero te suplicamos que primero des una sentencia justa en el pleito que tenemos sobre este prado, que fue de nuestro padre, y no sabemos cómo partirlo entre los dos, por lo que reñimos todos los días.

—Haré con mucho gusto lo que me suplicáis —respondió el lobo— mas quisiera que me dijeseis antes en qué término queréis se haga la división.

Entonces dijo el otro carnero:

—Señor, ya que preguntas el modo, a mí me parece que no se debe partir, sino que te pongas en medio del prado, nosotros estaremos uno en cada extremo, correremos ambos a un tiempo y aquel que llegare a ti primero le darás el prado, y el otro te lo comerás cuando quieras.

—Hágase así —dijo el lobo— me parece bien.

Fuéronse los carneros cada uno a su extremo, y corriendo con gran ímpetu al centro del prado donde estaba el lobo, le dieron los dos a un tiempo tan fuerte golpe, que el lobo cayó en el suelo, quebrantadas las costillas y medio muerto; pero poco después volvió en sí y dijo:

—Ni aun debo hacer caso de esta otra injuria, pues he de hartarme hoy, según el vaticinio.

Llegando en esto a la orilla de un río, halló una puerca con sus hijos que estaba paciendo y dijo:

—Bendito sea este día, ya sabía yo que hoy había de hartarme a mi satisfacción.

Enseguida intimó a la puerca le entregase sus hijos.

—Señor, respondió ella, haz lo que quieras; pero deben lavarse y limpiarse primero, según costumbre que tenemos. Así te ruego que, pues la fortuna te ha traído aquí, tú mismo los laves, y después escoge de ellos los que más te agraden.

El lobo entonces tomó un lechón y se inclinó en la orilla del río para meterlo en el agua y lavarlo; pero la puerca, acercándose de pronto por detrás, le dio tan gran empujón que lo arrojó al río, y arrebatado de la impetuosa corriente, fue a dar en un molino, de donde salió muy lastimado. Al fin, con mucho trabajo pudo escapar de aquel peligro y dijo:

—Grande ha sido este infortunio, mas no hay que arredrarse, pues este día debe ser sin duda afortunado.

En esto pasó cerca de un lugar, donde vio unas cabras que brincaban muy alegres en un prado, y llegando a ellas les dijo que iba a escoger una para comérsela.

—Bien está, respondieron ellas, pero antes cántanos alguna cosa, pues deseamos oír esa voz que tanto alaban todos por suave y melodiosa.

El lobo, que era no poco presumido, comenzó a aullar todo cuanto podía. Los aldeanos oyendo los aullidos salieron con armas y perros, y le dieron tantos golpes que quedó casi muerto.

Al fin pudo librarse de los perros, y debilitado y herido se puso a descansar debajo de un árbol, prorrumpiendo en estas quejas:

—¡Oh, cielos, cuántos males! ¡Cuántos infortunios he padecido hoy! Yo soy el culpado; porque, ¿quién me hizo despreciar la manteca de puerco que hallé en el camino y desechar asimismo la carne salada, sino mi soberbia y vanidad? Si yo no he aprendido jamás cirugía, ¿por qué quise curar a la yegua? Si yo no he saludado las leyes, ¿quién me metió a juzgar el pleito de los carneros? Si no he sido jamás comadre, ni lavandera, ¿por qué quise lavar en el río los cochinos? ¡Oh, Júpiter, arroja desde tu trono un rayo sobre mi cabeza!

A esta sazón había un hombre encima de un árbol, limpiando y cortando algunas ramas, y oyendo las palabras del lobo, le tiró el hacha con que limpiaba el árbol y lo hirió en el espinazo; el lobo, alzando la cabeza, dijo:

—¡Oh, Júpiter, qué pronto has oído mi súplica!

No se debe creer en agüeros, pues son vanas señales que siempre engañan. Ni se debe confiar mucho en los principios lisonjeros, pues algunas veces los fines son adversos.

156

Heracles y el carretero

Un carretero estaba conduciendo a sus animales por un camino embarrado con una gran carga tras ellos. Entonces, las ruedas de la carreta se hundieron a tal profundidad en el lodo que ningún esfuerzo de los caballos pudo moverlas. Mientras permanecía allí de pie, con aspecto impotente, llamó a intervalos en voz alta a

Heracles para que le ayudara. Entonces, el propio dios apareció y le dijo:

—Pon tu hombro cerca de la rueda, hombre, y hostiga a los caballos. Después, pídele ayuda a Heracles. Si no mueves ni un dedo, no esperes que ni Heracles ni ningún otro aparezca para ayudarte.

El cielo sólo ayuda a aquellos que se ayudan a sí mismos.

157

El lobo y el carnero

A un pastor de ovejas se le murió un perro que estimaba mucho, porque era muy valiente y matador de lobos. Estando él lamentándose de la pérdida de su perro y de la falta que le hacía, oyó sus lamentos un carnero soberbio y le dijo:

—Córtame los cuernos, vísteme la piel del perro que se te ha muerto y yo espantaré los lobos con mi presencia, pues creerán que soy el mismo mastín.

El pastor tomó su consejo, le cortó los cuernos y le vistió con la piel del perro. Los lobos que venían a las ovejas, viendo el carnero, creían que era el perro y se ahuyentaban del miedo que le tenían. Mas un día vino un lobo muy hambriento, tomó una oveja y se escapó. El carnero, viendo esto, corrió tras el lobo, y éste, creyendo que era el perro, corría a toda prisa. El carnero apresuraba más la carrera, pero acaeció que al pasar por unos espesos matorrales se le cayó la piel de perro y mostró lo que era. Viéndolo el lobo, entendió el engaño, y llegándose a él le preguntó:

—¿Quién eres?

El carnero, no pudiendo negar su especie, dijo:

—Soy carnero.

—Pues, amigo —dijo el lobo— ¿por qué te vistes de ropas ajenas? ¿Pensabas que no serías conocido? Ahora pagarás tu atrevimiento —y enseguida le degolló.

De nada sirve la exterior apariencia. Con los que son más fuertes, jamás se debe entrar en porfía.

158

La liebre y la tortuga

Un día, una liebre se reía de una tortuga por ser tan lenta.

—Espera un segundo —dijo la tortuga—. Echemos una carrera. Te apuesto lo que sea a que te gano.

—Bien —contestó la liebre, a quien la idea le divirtió—, inténtalo y veremos.

Acordaron que el zorro marcaría la salida y sería el juez. Cuando llegó el momento, partieron juntas, pero la liebre pronto se puso en cabeza, por lo que pensó que podría tomarse un descanso. Así, ralentizó el paso y se echó a dormir. Mientras tanto, la tortuga siguió esforzándose y, con el tiempo, llegó a la meta. Al final, la liebre se despertó sobresaltada y corrió a gran velocidad, pero descubrió que la tortuga ya había ganado la carrera.

Con lentitud y constancia, se gana la carrera.

159

Los perros

A un perro de mala índole que mordía a cuantos pasaban cerca de él, le pusieron un cencerro a fin de que oyendo el ruido todos le huyesen. El perro, creyendo que le habían puesto el cencerro para adorno, se presentaba muy ufano y no hacía caso de los demás perros; pero un perro viejo y experimentado, viéndole tan altivo y soberbio, le reprendió con estas palabras:

—¿Cómo eres tan necio e ignorante, que crees que tu amo te ha hecho honor en ponerte el cencerro? Sabes pues que ese cencerro es tu mayor vergüenza y un testimonio de tu maldad, para que todos se guarden de ti.

Oyendo este desengaño, se fue el perro lleno de confusión y se escondió en un lugar oculto de donde jamás salió.

Muchos se vanaglorian de lo que debían avergonzarse y hacen gala de su misma infamia.

Esopo

160

La rana y el buey

Dos pequeñas ranas estaban jugando en la orilla de un estanque cuando un buey se acercó a beber al agua. Por accidente, pisó a una, que murió aplastada. Cuando la rana madre la echó en falta, le preguntó a su hermana dónde estaba.

—Está muerta, madre —dijo la ranita—. Una enorme criatura de cuatro patas se acercó al estanque esta mañana y la pisoteó en el barro.

—¿Enorme? ¿Así de grande? —preguntó la rana, hinchándose para parecer lo más grande posible.

—Ah, sí, mucho más grande —respondió.

La rana se hinchó aún más.

La rana y el buey

—¿Así de grande? —insistió.

—Ah, sí, sí, madre, mucho más grande —contestó la ranita.

La rana siguió hinchándose cada vez más hasta que se volvió casi tan redonda como una pelota.

—¿Así de...? —comenzó a decir, pero explotó.

161

Las dos langostas

Una langosta decía a su hija:

—Hija mía, tú deberías corregirte de un defecto que noto en ti, y es que andas con las piernas torcidas; ¿por qué no las enderezas?

—Madre mía —respondió la hija— yo no hago más de lo que vos hacéis; si vos andáis de la misma manera, ¿cómo queréis que yo me corrija? Es menester, señora, que os corrijáis vos primero.

Antes que reprendas a otro, mírate a ti mismo, corrigiendo en lo posible tus faltas.

162

El mercader de estatuas

Un hombre hizo una estatuilla de madera de Hermes y la expuso en el mercado para venderla. No obstante, como nadie se ofreció a comprarla, pensó que podría atraer algún cliente si proclamaba las virtudes de la figurita. Las vociferó de un lado a otro por el mercado:

—¡Se vende un dios! ¡Se vende un dios! Uno que te aportará suerte y la mantendrá.

Entonces, uno de los transeúntes lo detuvo y dijo:

—Si tu dios logra hacer todo lo que cuentas, ¿por qué no te lo quedas tú y le sacas el mayor partido posible?

—Te contaré mis razones —contestó—. Trae ganancias, es cierto, pero se toma su tiempo, mientras que yo quiero dinero al momento.

Esopo

163

La raposa y el lobo

Una raposa llevó su hijo a un lobo y le rogó lo enseñase a cazar. El lobo convino en ello, y la raposa dejándole el hijo se volvió tranquila a su cueva. Una noche, tomando al discípulo, se fue a unos corrales de ovejas para robar alguna, pero fue sentido de los perros y tuvo que huir. Al amanecer subió a lo alto de un monte y dijo a su discípulo:

—Ya sabes que anoche fuimos al corral de las ovejas y que trabajé mucho, pero en vano; ahora estoy algo cansado, vela tú un poco mientras yo duermo, y cuando salieren las bestias del lugar a pacer, me despertarás para ver si puedo pillar alguna.

Durmióse el lobo y a la madrugada despertóle el discípulo. El lobo le dijo:

—¿Qué quieres? Mira que ya salen las vacas a pacer. No quiero tomar ninguna de ellas —dijo el lobo— porque los pastores que las guardan son fuertes, y los mastines que traen malos y bravos, y en cuanto me sientan, ladrarán y me perseguirán hasta matarme.

Dicho esto se volvió al otro lado y se quedó dormido. Pasada una hora, lo llamó de nuevo el discípulo diciendo:

—Señor, ya salen las yeguas.

—Mira a qué parte van, dijo el lobo.

El discípulo miró dónde iban y se volvió diciendo:

—Señor, han entrado en un prado cerca de la montaña donde hay muchos álamos.

Oyendo esto el lobo se levantó, y con cautela llegó ocultamente hasta el prado, donde estaban las yeguas, tomó por las narices una de las más gordas, la ahogó, y después se la llevó y la comió con su discípulo. Viéndose harto el raposillo, se acercó al lobo y, despidiéndose de él, le dijo:

—Señor, si alguna cosa mandas yo te serviré con gusto, pues supuesto que sé ya lo suficiente para buscar la vida, espero me des licencia para irme a vivir con mi madre.

El lobo respondió:

—Hijo, no quiero que te vayas, porque sé que te pesará si te fueres tan poco instruido.

—No, ya sé lo bastante —respondió el discípulo.

Viendo el lobo que eran inútiles sus razones, le dijo:

—Vete en paz, pero te vuelvo a decir que te pesará antes de poco tiempo.

El raposillo se fue con su madre, la cual al verle le dijo:

—¿Por qué te has venido tan pronto?

—Me vengo —respondió el raposillo— porque me hallo bastante instruido y he aprendido tanto, que ya podré mantener a tus hijos sin trabajo alguno.

—Pero, hijo —le preguntó la madre— ¿cómo has aprendido tan pronto?

—No puedo —respondió él— satisfacerte con razones, la práctica te lo dirá: levántate y sígueme, y verás cómo he salido buen maestro.

La madre, aunque no confiaba en que su hijo se hubiese instruido tan pronto, no obstante, por complacerle le siguió. Hizo entonces el raposillo lo mismo que vio hacer al lobo: se fue de noche a las ovejas para pillar una de ellas, y como no pudo, se subió a un monte cerca de un lugar y dijo a la madre:

—Ya sabes que estoy cansado y fatigado, y quiero dormir un poco. Tú velarás esta noche, y cuando veas que salen las bestias a pacer despiértame, y entonces verás lo que sé y lo que he aprendido.

A poco llama la raposa a su hijo y le dice:

—Mira que salen las vacas del lugar.

—No hagamos caso de ellas, madre mía —respondió el raposillo— porque sus pastores son muy vigilantes y las guardan muy bien, y los perros que llevan son muy feroces y fuertes.

Apenas había pasado una hora, llamó otra vez la madre a su hijo, diciéndole que se levantase, pues las yeguas salían a pacer. A esto respondió el raposillo con mucha alegría:

—Mira, madre, hacia dónde van.

—Hijo —dijo la raposa— han entrado en un prado cerca del monte.

Entonces se levantó el raposillo y dijo a la madre:

—Ahora verás lo que he aprendido, quédate aquí y mira lo que voy a hacer.

Se fue el raposillo y llegó al lugar donde las yeguas pacían, y embistió a una de las más gordas, tomándola por las narices, para ahogarla y matarla como hizo el lobo; pero la yegua, no sintiendo el peso del raposillo, comenzó a correr hacia los pastores, llevándolo colgado de sus narices. Viendo esto la raposa desde lo alto del monte comenzó a gritar:

—Hijo mío, suelta la yegua y vuélvete acá; mas no pudiendo sacar el raposillo los dientes, que tenía bien clavados en las narices de la yegua, no le fue posible desprenderse, y llegando los pastores lo mataron.

El necio piensa que todo lo sabe y el presuntuoso suele pagar bien cara su presunción. Nadie se debe jactar de saber mucho, ni despreciar a sus maestros.

164

El águila y la flecha

Un águila se posó en una roca elevada y se mantuvo alerta ante posibles presas. Un cazador, escondido en una grieta de la montaña, a la espera de piezas de caza, lo percibió allí y le lanzó una flecha. Se le clavó en el pecho y lo atravesó de un lado a otro. Mientras permanecía tumbado, agonizante, fijó los ojos en la flecha y exclamó:

—¡Ah, qué destino cruel tener que perecer! Pero más cruel aún es porque la flecha que me mata se ha elaborado a partir de una pluma de águila.

165

El león y su hijo

Viendo un león que lo perseguían mucho en el sitio que habitaba, se fue a vivir a otra parte. Después de mucho tiempo de estar allí, un hijo pequeño que tenía le preguntó si eran naturales de aquel país. No, respondiole el padre, somos de otro lugar, y sólo vinimos a esta tierra por huir de los que nos perseguían. ¿Y quiénes eran los que nos perseguían?, preguntó el leoncillo. Los hombres, le respondió el padre, que aunque no tan fuertes como nosotros, son muy temibles por su destreza. Pues yo iré a encontrarlos, dijo el leoncillo, y vengaré nuestras injurias. El león rogó a su hijo que de ninguna manera fuese, pues temía que cayera en algún lazo; pero él no hizo caso de lo que le decía su padre y se fue a buscar a los hombres. En el camino halló un caballo muy maltratado y miserable, que pacía en un prado, y le preguntó: ¿Quién te ha maltratado y te ha puesto de esta manera? Un hombre, respondió el caballo, que monta todos los días sobre mí, me hace andar y correr más de lo que puedo y me rompe las costillas a palos. Dijole el leoncillo: Te prometo que he de vengar tu injuria. Caminando más adelante halló un buey muy herido y acabado, y le dijo: ¿Quién te ha puesto así? Un hombre, respondió el buey, que me hace arar y trabajar, hiriéndome con un aguijón de hierro. Entonces exclamó el leoncillo: ¡Oh, cuántos males comete el hombre! Por cierto que deseo dar con alguno, y viendo en el suelo unas pisadas humanas, preguntó al buey de quién eran aquellas pisadas, a lo cual le respondió éste que del hombre que lo maltrataba. Entonces el leoncillo extendió sus garras sobre las pisadas y dijo: ¿Cómo teniendo tan pequeño pie el hombre hace tantos males? Y enseguida dijo al buey que le manifestase dónde estaba aquel hombre. Allí está, le dijo el buey, y le enseñó al hombre, que con una azada estaba cavando la tierra. El leoncillo se acercó a él y le dijo: Hombre, cuántas maldades habéis cometido tú y tu raza contra mí, contra mi padre y contra otros animales, cuyos reyes somos nosotros; yo vengo, pues, a tomar venganza en ti. El hombre, mostrándole un hacha que tenía, le dijo: Como te me acerques más, te hago pedazos. El leoncillo, viendo al hombre tan resuelto y osado, algo más prudente a la vista del peligro, le dijo: Bien, consiento en no acometerte, pero con la condición de que vengas conmigo ante mi padre para que decida sobre esto como juez. El hombre aparentó convenir en ello y se fue con el leoncillo, pero valido de la inexperiencia de éste, lo llevó por un sitio donde tenía preparadas sus trampas, de modo que a los pocos pasos cayó el leoncillo en una de ellas, y a pesar de sus súplicas y lamentos fue muerto por el hombre.

Debe seguirse siempre el consejo de los padres y de los ancianos. Los jóvenes presuntuosos corren a una perdición cierta.

Esopo

166

El hombre y el sátiro

Un hombre y un sátiro se hicieron amigos y decidieron vivir juntos. Todo fue bien durante un tiempo hasta que, un día de invierno, el sátiro se percató de que el hombre se soplaba las manos.

—¿Por qué haces eso? —preguntó.

—Para calentarme las manos —contestó el hombre.

El hombre y el sátiro

Ese mismo día, cuando se sentaron juntos a cenar, cada uno tenía ante sí un bol caliente de gachas. El hombre, se llevó el bol a la boca y sopló.

—¿Por qué haces eso? —preguntó el sátiro.

—Para enfriar las gachas —contestó el hombre.

El sátiro se puso en pie.

—Adiós —anunció—, me voy. No puedo ser amigo de un hombre que expulsa frío y calor en el mismo aliento.

Guardaos de tener con vosotros a hombres cuya lengua esté hecha al doblez y la falsedad.

El hombre y el sátiro

Esopo

167

El caballo y el soldado

Un soldado le dio a su caballo un gran puñado de frutos secos en tiempos de guerra y lo cuidó con el máximo esmero porque deseaba que fuera lo bastante fuerte para soportar las dificultades del campo de batalla y el peso de su dueño cuando necesitara ponerse en pie para alejarse del peligro. Sin embargo, cuando la guerra se acabó, lo utilizó para todo tipo de trabajos monótonos, prestándole poca atención y dándole sólo paja para comer. Entonces, estalló una nueva guerra y el soldado ensilló y le colocó las bridas al caballo. Tras ponerse la pesada cota de malla, se montó en él para cabalgar y salir al campo. No obstante, la bestia casi muerta de hambre se hundió bajo su peso y le dijo al jinete:

—Esta vez tendrás que entrar en la batalla a pie. Gracias al trabajo duro y a la mala comida, he pasado de ser un caballo a convertirme en un burro y no puedes transformarme en un caballo de nuevo en un instante.

168

Los bueyes contra los carniceros

Hace mucho tiempo, los bueyes decidieron vengarse de los carniceros por el caos que habían provocado en sus filas y planearon matarlos un día concreto. Todos se reunieron para hablar sobre la mejor manera de llevar a cabo el plan. Los más violentos estaban ocupados afilando los cuernos para el combate cuando un viejo buey se puso en pie y dijo:

—Hermanos míos, sé que tenéis buenas razones para odiar a esos carniceros. Sin embargo, ellos entienden su oficio y hacen lo que deben sin causar un daño innecesario. No obstante, si los matamos, otros que no tengan experiencia se dispondrán a masacrarnos y, al hacerlo de mala manera, nos provocarán grandes sufrimientos. Podéis estar seguros de eso porque, aunque fallecieran todos los carniceros, la humanidad nunca viviría sin comer carne.

169

El lobo y el perro flaco

Un hombre rico tenía una manada de ovejas y un perro para su defensa, pero este hombre era tan avariento que no daba de comer al perro. Un día hallando un lobo a éste, le dijo:

—¡Qué flaco estás! Bien sé que no engordas porque tu amo es muy avariento y mezquino; pero, si quieres, yo te daré un consejo y comerás bien.

El perro respondió que se lo diese pues lo estimaría mucho. Entonces dijo el lobo:

—Mi consejo es que me dejes entrar todos los días en la manada de los corderos y tomaré uno de ellos: tú me seguirás corriendo un largo trecho, pero al fin fingirás que estás cansado y que te caes de flaqueza. Los pastores viendo esto dirán que, ciertamente, si estuvieras bien mantenido, habrías tenido fuerza para seguir al lobo, y no dudo que te mejorarán la ración.

Pareció bien este consejo al perro y convinieron en ello. Entró, pues, el lobo en la manada, tomó un carnero y se escapó con él, y el perro siguió tras el lobo, y se dejó caer en el suelo como desmayado. Viendo esto los pastores, dijeron:

—De esto tiene la culpa el amo; si diese más comida al perro, estaría más gordo y tendría más fuerzas, y según lo valiente que es, hubiera alcanzado al lobo, y no se habría llevado al cordero.

El amo que oyó esto dijo:

—Mis criados tienen la culpa, villanos, pues yo tengo mandado que se harte bien el perro; ahora es cuando veo que está muerto de hambre. De aquí en adelante quiero que se le dé carne cocida y pan de trigo, para que engorde y se fortalezca.

Vino en esto el lobo a ver al perro; le preguntó qué tal le iba su consejo, y como le respondiese que muy bien, le dijo el lobo:

—Pues continuemos, yo entraré otra vez en la manada, tomaré un cordero y huiré con él; tú correrás tras mí, me alcanzarás y me darás un golpe no muy fuerte, y te caerás en el suelo. Entonces dirán los pastores: Si a este perro se le diese bastante comida, tendría más fuerzas, y no se habría el lobo llevado el cordero, ni escapara vivo.

—Amigo —respondió el perro—, seguramente tengo miedo a mi señor, pero como no me da en abundancia de comer consiento en ello.

Entró otra vez el lobo en la manada, tomó un cordero y escapó con él; siguióle el perro según tenían concertado, y cuando alcanzó al lobo, le dio un golpe en el pecho y se dejó caer como aquel que no se puede tener de flaco.

Viendo esto los pastores dijeron:

—Por cierto que si él tuviese comida en abundancia, no se llevaría nuestro cordero el lobo, ni escaparía vivo.

Oyendo lo cual el amo les dijo:

—Os mando que de aquí en adelante hartéis bien al perro.

Y así le daban mucha carne y pan en abundancia, de suerte que el perro engordó en extremo. Vino por tercera vez el lobo a ver al perro y le dijo:

—Ya conocerás que no ha podido ser mejor mi consejo.

El perro respondió:

—Conozco que es buen consejo y muy provechoso a los dos.

Entonces dijo el lobo:

—Permíteme, pues, que tome un cordero en premio del bien que te he proporcionado.

—Amigo, —respondió el perro— ya recibiste tu galardón, pues te llevaste dos corderos.

Y rogándole otra vez el lobo que se lo permitiese, le dijo el perro:

—No quiero, y si lo haces, te juro que no escaparás vivo.

Viendo el lobo esto, le rogó que ya que no le permitía aquello, le diese a lo menos un medio para comer, porque se moría de hambre.

Mira —le dijo el perro—, ayer se cayó una pared del cuarto de mi señor, donde hallarás pan, tocino y carne salada; si vas allí esta noche, podrás hartarte a tu gusto.

El lobo le preguntó si le hablaba con ingenuidad o lo engañaba, pues temía que si entraba allí lo descubriesen y, acudiendo la gente de la casa, lo mataran.

—Por mi fe te juro, le respondió el perro, que no haré tal, porque no están a mi cargo esas cosas, ni debo guardar más que los corderos y las ovejas, y así no te descubriré.

Asegurado el lobo de la palabra del perro, se fue al anochecer al cuarto que éste le dijo y comió a su placer, pero lleno de gozo con tan opíparo banquete no tuvo la cautela necesaria, de modo que, sintiéndolo los otros perros que había en la casa, empezaron a ladrar, y despertando los hombres, se levantaron, y registrándolo todo encontraron al lobo y le dieron muerte.

Es menester no escasear lo necesario a aquellos en quienes se necesita fidelidad.

170

El viejo perro cazador

Un viejo perro que había servido a su dueño durante años y había agotado a muchas presas en su época comenzó a perder fuerza y velocidad debido a la edad. Un día, cuando estaba cazando, su maestro asustó a un poderoso jabalí salvaje y lanzó al perro a por él. Este atrapó a la bestia por la oreja, pero, como no tenía dientes, no pudo sujetarlo y el jabalí escapó. Su maestro comenzó a reñirle con severidad, pero el perro cazador lo interrumpió con estas palabras:

—Mi voluntad es tan firme como siempre, amo, pero mi cuerpo es viejo y débil. Deberías honrarme por lo que he sido, en vez de maltratarme por lo que soy.

171

El que promete imposibles

Estando enfermo un hombre pobre, y tan malo que lo habían desahuciado los médicos, rogó a los dioses lo curasen, prometiendo si se ponía bueno hacer un sacrificio de cien bueyes. Su mujer, que oyó esta promesa, le preguntó:

—¿Pero de dónde has de sacarlos si sanas?

La anciana y el recipiente de vino

A lo que él respondió:

—¿Piensas acaso que si yo me levanto de la cama vendrán los dioses a pedírmelos?

Muestra esta fábula que muchos ofrecen fácilmente lo que saben no pueden cumplir.

172

La anciana y el recipiente de vino

Una anciana cogió una jarra de vino que en el pasado había contenido un vino caro poco común y del que aún quedaba cierto rastro de su exquisito aroma. Lo acercó a la nariz y lo olfateó una y otra vez.

—Ah —exclamó—, ¡qué delicioso debió ser el líquido que dejó un olor tan maravilloso!

173

La alondra y el granjero

Una alondra anidaba en un campo de maíz y criaba a sus polluelos bajo la protección del grano maduro. Un día, antes de que las crías hubieran emplumado por completo, el granjero fue a controlar los cultivos y, al descubrir que estaban volviéndose amarillos rápidamente, dijo:

—Se lo haré saber a los vecinos para que vengan a ayudarme a segar este campo.

Una de las jóvenes alondras lo oyó y se asustó mucho, por lo que le preguntó a su madre si no deberían trasladar su hogar enseguida.

—No hay prisa —contestó ella—. Un hombre que busca ayuda en sus amigos tardará tiempo en hacer cualquier cosa.

Unos días después, el granjero volvió a aparecer y vio que los granos estaban demasiado maduros y caían al suelo.

—Ya no puedo alargarlo más —dijo—. Hoy mismo contrataré a unos hombres y tendrán que ponerse a trabajar de inmediato.

La alondra lo oyó y les anunció a sus crías:

—Vamos, hijas mías, debemos marcharnos. Ya no habla de sus amigos, sino que se va a ocupar personalmente del asunto.

Ayudarse a uno mismo es la mejor ayuda.

174

El león y los tres toros

Tres toros estaban pastando en un prado mientras un león los observaba. Este deseaba atraparlos y devorarlos, pero pensaba que no era rival para los tres mientras siguieran juntos. Por eso, empezó a extender falsos rumores y palabras maliciosas que fomentaron los celos y la desconfianza entre ellos. Esta estrategia funcionó tan bien que poco después los toros se volvieron fríos y desagradables entre ellos. Al final, empezaron a evitarse y a comer en soledad. En cuanto el león los vio, cayó sobre cada uno de ellos y los mató.

Las peleas entre amigos son las oportunidades de los enemigos.

175

La madre y el hijo ladrón

Un muchacho robó una vez en la escuela a sus condiscípulos un objeto de poco valor y lo trajo a su madre, que no se lo reprendió, de modo que el chico siguió robando otras cosas, y conforme iba creciendo fue haciendo robos de más importancia, tanto que ya hombre fue preso y condenado a muerte por el juez. Cuando le llevaban al suplicio, viendo que su madre le seguía llorando y dando gemidos, pidió a los guardias le permitiesen hablarle al oído, y accediendo ellos se acercó la madre con presteza y puso el oído junto a la boca del hijo, pero éste entonces le arrancó la oreja con los dientes, y como la madre y los demás le reconviniesen que no sólo mostraba su iniquidad como ladrón sino también en lo que acababa de hacer, él les dijo:

—Esta mujer es la causa de mi desgracia; si cuando robé la primer cosa me hubiera castigado, no hubiera hecho después robos mayores, ni iría ahora a morir en un suplicio.

Desde la infancia ha de empezar el padre a educar a sus hijos, corrigiéndoles las faltas por leves que sean. Las leves faltas cuando no se corrigen conducen después a graves delitos.

176

La zorra y la leona

Una leona y una zorra estaban hablando sobre sus crías, como hacen las madres, comentando lo saludables y desarrolladas que estaban, el hermoso pelaje que tenían y que eran la viva imagen de sus padres.

—Alegra la vista ver mi camada de cachorros —dijo la zorra antes de añadir con malicia—. Sin embargo, me he dado cuenta de que tú sólo puedes tener uno.

—Sí —aceptó con un tono sombrío la leona—, pero ese cachorro es un león.

Calidad, no cantidad.

177

La zorra y el chivo

Una zorra cayó por descuido en un pozo, y sin poder salir de allí por ser algo alto el brocal, llegó un chivo sediento al mismo sitio y le preguntó si el agua era dulce y abundante. La zorra le respondió:

—Baja, amigo, porque es tan buena que no me canso de beberla.

Bajó el chivo, y al momento la raposa, saltando sobre él y sirviéndose de sus cuernos como escalera, salió del pozo, dejando en él al chivo.

Algunos, por no perecer ellos, pierden a otros. No es de honrados procurar su provecho y utilidad causando la ruina de otros.

178

La raposa y la zarza

Una raposa, perseguida de los perros, se refugió en una zarza. Pero cuando ella sintió que sus espinas le destrozaban el pellejo dijo para sí:

—¡Desgraciada de mí!, que he venido a ampararme de una malvada que me hará derramar más sangre que los perros que me perseguían.

No busques el auxilio de los malos. Del perverso no se debe esperar bien alguno.

179

El bufón y el campesino

Un noble anunció su intención de ofrecerle al público entretenimiento en un teatro y de otorgar espléndidos premios a todo aquel que tuviera alguna novedad que exhibir en el espectáculo. El anuncio atrajo a una gran cantidad de magos, juglares y acróbatas, así como a un bufón, muy popular entre la multitud, quien comentó que iba a hacer una actuación totalmente nueva. Cuando llegó el día del espectáculo, el teatro se llenó a rebosar antes de que empezara. Primero, algunos artistas mostraron sus trucos. Luego, el favorito de todos apareció solo, con las manos vacías. Enseguida, se produjo un silencio expectante. Él, dejando caer la cabeza sobre el pecho, imitó el gruñido de un cerdo de manera tan perfecta que el público insistió en que volviera a imitar al animal quien, según decían, debía estar escondido cerca de él. Sin embargo, los convenció de que allí no había ningún cerdo y el público le regaló un aplauso ensordecedor.

Entre los espectadores, había un campesino que criticó la actuación del bufón y anunció que él podría hacer mejor el mismo truco al día siguiente. De nuevo, el teatro se llenó a rebosar. Una vez más, el bufón hizo su imitación entre los vítores de la multitud. Mientras tanto, el campesino, antes de subirse al escenario, se había ocultado un cerdito en el blusón. Cuando los espectadores le retaron de forma burlona para que lo hiciera mejor si podía, le pellizcó la oreja y el animal soltó un gran gruñido. Sin embargo, todos a la vez gritaron que la imitación del bufón era mucho más realista. Ante eso, el campesino sacó al cerdo del blusón y dijo con sarcasmo:

—Aquí tenéis la clase de jueces que sois.

180

El caballo y el jinete

Un joven que se consideraba un buen jinete se subió a un caballo al que no habían domado como se debía y era muy difícil de controlar. Tan pronto el caballo sintió el peso en la silla de montar, salió corriendo sin que nada pudiera detenerlo. Un amigo del jinete vio su carrera precipitada por el camino y gritó:

—¿Adónde te diriges con tanta prisa?

Ante aquello, señalando al caballo, el joven contestó:

—No tengo ni idea, pregúntaselo a él.

181

El ruiseñor y la golondrina

Una golondrina estaba conversando con un ruiseñor, a quien aconsejó que abandonara su frondosa copa donde tenía su hogar para que fuera a vivir con los hombres, como ella, y creara su nido bajo el amparo de sus techos. Sin embargo, el ruiseñor contestó:

El gato y el gallo

—Hubo un tiempo en el que yo también viví entre los hombres. Sin embargo, el recuerdo de todos los males que sufrí hace que los odie y nunca desee acercarme a sus viviendas.

La imagen de sufrimientos pasados recupera recuerdos dolorosos.

182

El gato y el gallo

Un gato se abalanzó sobre un gallo y buscó una buena excusa para convertirlo en su comida, ya que, por norma general, los gatos no comen gallos y sabía que no debía hacerlo. Al final, dijo:

—Por las noches, con tanto cacareo, mantienes despierta a la gente, por lo que te has convertido en una gran molestia. Voy a acabar contigo.

Sin embargo, el gallo se defendió diciendo que cacareaba con el fin de que los hombres se despertaran y se dispusieran a trabajar a una hora temprana, por lo que no les iría bien sin él.

—Quizás —dijo el gato—, pero, les vaya bien o no, no me voy a ir de aquí sin mi cena.

Lo mató y se lo comió.

La falta de una buena excusa nunca impide que un villano cometa un crimen.

183

El trompetista hecho prisionero

Un trompetista que partió a la batalla en el vagón del ejército animaba a sus camaradas con melodías beligerantes. Cuando el enemigo lo capturó, suplicó que le perdonaran la vida y dijo:

—No me matéis, yo no he asesinado a nadie. No tengo armas, sólo llevo una trompeta.

Sin embargo, sus captores replicaron:

—Esa es la razón principal por la que debemos acabar con tu vida. Aunque no luches, animas a los demás a hacerlo.

Más dignos son de castigo los que incitan a otros a hechos culpables, que si ellos mismos los hicieran.

184

Los dos recipientes

La corriente de un río con un caudal abundante transportaba dos recipientes, uno de cerámica y otro de latón. El segundo le pidió a su acompañante que se mantuviera cerca para poder protegerlo. El otro se lo agradeció, pero le suplicó que no se acercara bajo ningún concepto:

—Eso es lo que más miedo me da —dijo—. Un roce tuyo y me romperé en pedazos.

La amistad es difícil entre los que son muy diferentes.

185

El león, el toro y el chivo

Un león que iba cazando halló un toro muy grande que pacía en un prado, pero viendo éste que el león venía hacia él, huyó luego a la montaña, y buscando lugar seguro para esconderse, llegó a una cueva en que vivía un chivo; pero al ir a entrar en ella, el chivo con los cuernos le impidió la entrada, de manera que el toro, temiendo no le alcanzase el león, siguió adelante diciendo así:

—Ahora te sufro esta injuria; pero sabe que no te temo a ti, sino al león que me sigue, pues sino ya te enseñaría lo peligroso que es pelear conmigo.

Al desgraciado no se le debe agravar su desgracia.

186

El águila, la gata y la jabalina

Un águila construyó su nido en lo alto de un gran árbol. Una gata con su familia ocupó un hueco en el centro del tronco y una jabalina y sus crías ocuparon el espacio a sus pies. Se habrían llevado muy bien como vecinos si no hubiera sido por la malicia de la gata. Tras subir al nido del águila, le dijo:

—Tanto tú como yo estamos en el mayor peligro posible. A esa horrible criatura, la jabalina, siempre se la ve escarbando a los pies del árbol. Quiere desenterrar sus raíces y así devorar con facilidad a tu familia y a la mía.

Tras volver loca de pánico al águila, la gata bajó del árbol y le dijo a la jabalina:

—Debo advertirte contra esa horrible ave, el águila. Sólo está esperando una oportunidad para bajar y llevarse a uno de tus pequeños, cuando los saques, para alimentar a sus crías.

Así, consiguió asustar tanto a la jabalina como al águila. Entonces, volvió a su hueco en el tronco, donde fingió estar tan asustada que no salió durante todo el día. Por la noche, se arrastró a escondidas para buscar comida para sus gatitos. Mientras tanto, el águila estaba tan aterrorizado que no se movió del nido y la jabalina no se atrevió a salir de su hogar entre las raíces. De este modo, ellos y sus familias murieron de hambre y con sus cadáveres la gata abasteció durante mucho tiempo a su creciente familia.

187

El joven y el ladrón

Estando un joven sentado junto a un pozo, vino un ladrón a robarle, y el joven al verlo venir, conociendo su intención, fingió que lloraba con muchos extremos de riqueza. Entonces le preguntó el ladrón por qué se afligía de aquella manera.

—¡Ay! —dijo el mozo—, vine aquí con un cántaro de oro a sacar agua, se me ha roto la soga y se ha quedado el cántaro dentro del pozo.

El ladrón oyendo esto se quitó sus vestidos y bajó luego al pozo para sacarlo, pero mientras él estaba abajo buscando lo que no había, el mozo tomó los vestidos del ladrón y se fue.

Al malo, de tal modo le ciega muchas veces su malicia que, no advirtiendo los peligros, se precipita en ellos.

188

El león, la zorra y el ratón

Un león estaba tumbado, dormido, en la entrada de su guarida cuando un ratón le recorrió el lomo y le hizo cosquillas, por lo que se despertó con un sobresalto y comenzó a mirar a su alrededor para ver qué le había molestado. Una zorra, que lo estaba observando, pensó en divertirse a expensas del león, por lo que le dijo:

—Bueno, es la primera vez que veo a un león asustarse por un ratón.

—¿Asustarme por un ratón? —preguntó el león, irritado—. ¡Nada de eso! Lo que no soporto son sus malos modales.

189

El león y el asno

Un león y un asno decidieron hacerse compañeros y salir a cazar juntos. Con el paso del tiempo, llegaron a una cueva en la que había varias cabras salvajes. El león tomó su puesto en la boca de la cueva y esperó a que aparecieran. Mientras tanto, el asno entró y rebuznó todo lo fuerte que pudo para asustarlas y que salieran al aire libre. El león las mató una a una a medida que aparecían. Cuando la cueva estuvo vacía, el asno salió y dijo:

—Les he dado un buen susto, ¿verdad?

—Creo que sí —contestó el león—. Si no hubiera sabido que eras un burro, me habría dado media vuelta y yo también habría huido.

190

El ciervo, la oveja y el lobo

Una vez un ciervo le pidió a una oveja que le prestara un puñado de trigo, asegurándole que su amigo el lobo sería su fiador. Sin embargo, la oveja temía que quisieran engañarla, por lo que se excusó de la siguiente manera:

El ciervo, la oveja y el lobo

—El lobo suele tomar lo que quiere y huir sin pagar. Tú también puedes correr mucho más rápido que yo. ¿Cómo voy a alcanzaros a alguno de los dos cuando venza la deuda?

Dos fichas negras no hacen una blanca.

191

El cazador y la avutarda

Un cazador dispuso en el campo sus redes para cazar grullas y pilló en ellas una avutarda, que viéndose presa, le pedía que la soltase, y para lograrlo le pintaba su inofensivo carácter y no ser como las demás aves. El cazador, sonriéndose, dijo:

—Bien entiendo lo que dices, pero tú ibas en compañía de las grullas, que ocasionan mucho daño en estos campos, y así, pues con ellas te juntaste, debes morir con ellas.

Debe buscarse la compañía de los buenos y huir de la de los malos.

192

El lobo y el león

Un lobo robó un cordero del rebaño y se lo llevó para devorarlo a su antojo. Entonces, se encontró con un león, quien le robó la presa y se alejó. No se atrevió a resistirse, pero, cuando el león estuvo a cierta distancia, dijo:

—Es muy injusto que me quites lo que es mío.

El león se echó a reír y gritó a modo de respuesta:

—Sin duda era tuyo, es verdad. ¿Qué te parece si lo consideramos el regalo de un amigo?

193

El tigre y el cazador

Un cazador diestro en manejar el arco perseguía sin tregua a las fieras, pero el tigre viéndolas temerosas y fugitivas les dijo hiciesen frente al cazador, y que él por su parte ya sabía el modo de combatirlo. Poco después de esto se presentó el cazador, y el tigre fue herido de muerte en el combate. Viendo una zorra al tigre que huía de aquella manera, le preguntó quién había sido capaz de herir a fiera tan valiente, a lo que él le respondió que no sabía quién le había herido, pero que la magnitud de la herida demostraba haber sido hecha por una mano varonil.

Los fuertes son por lo común temerarios, pero el arte y el ingenio pueden a veces más que la fuerza.

194

La mona y sus hijos

Una mona parió dos hijos a la vez, pero amaba y quería más al uno que al otro; de manera que al uno lo halagaba de continuo y al otro jamás le hacía fiesta alguna. Yendo una vez la mona por una montaña con sus hijos, la embistió un cazador con sus perros, y para escaparse de aquel peligro, tomó en sus brazos al hijo que más amaba y al otro le mandó que subiese sobre sus espaldas, y de esta manera comenzó a huir. Mas viéndose acosada y huyendo atolondradamente, dio al que llevaba en los brazos contra una piedra y lo mató, mientras el otro, de quien no se cuidaba, agarrado a sus espaldas escapó sin recibir daño.

Es frecuente que los hijos que más aman los padres sufran desgracias por la demasiada condescendencia con que son tratados, así como también que los menos queridos reciban educación mejor y más conveniente.

195

El avariento y el envidioso

Dos hombres, uno avariento y otro envidioso, oraban a Júpiter, el cual envió a Apolo para que satisficiera sus votos. Apolo les dijo que pidiesen lo que quisieran, pero con la condición de que uno de ellos pidiera para el otro, y que este otro recibiría el duplicado. Oyendo esto el avariento, quiso que pidiese primero el envidioso, para tener el doble de lo que él pidiese, pensando que pediría riquezas. El envidioso, viendo que él había de ser el primero en pedir, y que por lo mismo el avariento había de recibir doble que él, no pudiendo encubrir su envidia, pidió que a él le sacasen un ojo, para que al avariento le sacasen los dos. La avaricia es insaciable, pero la envidia es una locura mayor.

El envidioso, con tal de causar daño a otro, se sacrifica a sí mismo.

196

El adivino

Un adivino estaba sentado en la plaza del mercado y predecía el futuro a todos los que deseaban contratar sus servicios. De repente, se acercó corriendo una persona que afirmaba que unos ladrones habían entrado en la casa del adivino y se habían llevado todo aquello a lo que habían puesto las manos encima. El hombre se levantó enseguida y salió corriendo, tirándose del pelo y soltando maldiciones contra los malhechores. Los transeúntes lo miraron divertidos y uno dijo:

—Nuestro amigo asegura que sabe lo que les ocurrirá a otros, pero no es lo bastante listo para saber lo que le depara el futuro a él mismo.

Esta fábula se dirige a aquellos que no sabiendo dirigir sus propios negocios, se empeñan en dar consejos y disposiciones en cosas que nos les atañen ni les importan.

197

El atún y el delfín

Un delfín estaba persiguiendo a un atún que recorría el agua a gran velocidad. Sin embargo, poco a poco fue perdiendo su ventaja y el primero estaba a punto de atraparlo cuando el frenesí de su huida llevó al atún hacia un banco de arena. Con la emoción de la persecución, el delfín lo siguió y allí permanecieron ambos, jadeando en busca de aire. Cuando el atún vio que su enemigo estaba tan condenado como él, dijo:

—No me importa morir ahora porque veo que el causante de mi muerte está a punto de compartir el mismo destino.

198

Los tres protectores

Los habitantes de una ciudad estaban debatiendo sobre cuáles serían los mejores materiales para las fortificaciones que debían erigirse con el fin de que la población estuviera más protegida. El carpintero se puso en pie y recomendó usar madera, que, según dijo, era asequible y fácil de trabajar. El cantero objetó que la madera era demasiado inflamable y recomendó la piedra. Entonces, el curtidor se puso en pie y dijo:

—En mi opinión, no hay nada como el cuero.

Todos los hombres cuidan sus propios intereses.

199

El león y la cabra

Un león hambriento vio una cabra que pacía en lo alto de un risco, y viendo que era inaccesible la subida, le empezó a hablar amigablemente en esta forma:

—Amiga —le decía— ¿qué haces sobre esas áridas peñas, donde no puedes hallar yerba que comer? Deja ese sitio tan estéril y bájate a los verdes prados donde yo habito. Baja pues, amiga.

—Tienes razón —respondió la cabra— bajaré a pacer en estos prados con mucho gusto; pero bien entendido, añadió con tono de burla, que esto será cuando te hayas ido bien lejos de ellos.

No des oídos con facilidad a todos, pues muchos aconsejan a los demás lo que les acomoda a ellos mismos.

La viña y la cabra

200

La viña y la cabra

Una cabra se desvió por un viñedo y comenzó a buscar los brotes tiernos de una viña que exhibía varios racimos de hermosas uvas.

—¿Qué te he hecho —preguntó la viña— para herirme de esta manera? ¿No es la hierba suficiente para alimentarte? Aun así, aunque te comieras todas las hojas que poseo y me dejaras desnuda, produciría vino suficiente con el que regarte cuando te lleven al altar para tu sacrificio.

201

El labrador y el toro

Un labrador tenía un toro que le embestía siempre con los cuernos, y determinó cortárselos, pensando que así no le harían daño; pero el toro, irritado por haber perdido sus armas, escarbaba la tierra con los pies, de modo que llenaba a todos y al amo mismo de polvo y arena. Entonces dijo el labrador:

—¿De qué me ha servido el cortar los cuernos a este animal de condición tan perversa?; más daño me hace con sus pies que antes con sus cuernos; lo mejor será entregarlo al carnicero para que lo mate.

Los hombres incorregibles son semejantes a los toros bravíos, que vienen a parar tarde o temprano en pagar con la vida sus delitos.

202

El lobo y la oveja

Unos perros habían atacado y mordido gravemente a un lobo, que permaneció tumbado durante mucho tiempo, esperando la muerte. Más tarde, sin embargo, empezó a revivir y, al sentir hambre, llamó a una oveja que pasaba por allí para decirle:

—¿Serías tan amable de traerme agua del riachuelo? Podría buscar comida si consiguiera algo para beber.

Sin embargo, la oveja no era tan ingenua y contestó:

—Sé por qué, si te traigo el agua, no tendrás dificultades para encontrar comida. Buenos días.

203

El ratón y el toro

Un toro estaba persiguiendo a un ratón que le había mordido en el hocico, pero este era demasiado rápido para él y se deslizó por un hueco de la pared. El toro cargó con fuerza contra el muro una y otra vez hasta cansarse. Entonces, se dejó caer en el suelo, agotado por el esfuerzo. Cuando todo se quedó en calma, el ratón salió y le volvió a morder. A su pesar, el toro se puso en pie, enfadado, pero, para entonces, el ratón había vuelto a colarse en el agujero y no podía hacer nada, excepto bramar y echar humo, impotente y rabioso. Entonces, oyó una voz estridente y débil decir desde el interior de la pared:

—Los tipos grandes no siempre conseguís lo que queréis, ¿ves? A veces los pequeños salimos mejor parados.

La batalla no siempre la ganan los más fuertes.

204

El lobo y el cabrito

Un cabrito pacía en un prado cercano a su casa, y viéndole un lobo se llegó a él para matarlo, pero el cabrito, advirtiendo el peligro, huyó a la casa y entró en el corral donde estaban los carneros. Viendo el lobo burladas sus esperanzas, trató de atraerlo con palabras amistosas:

—Animal imprudente y loco —le decía—, ¿qué buscas ahí entre los carneros? ¿No ves el suelo lleno de la sangre de los que mata todos los días el carnicero? No vivas ahí, hijo mío, pues un día u otro te matarán; sal luego y vuélvete al prado a pacer.

—Señor lobo —respondió el cordero—, no toméis tanto cuidado por mí, que vuestras palabras no lograrán que salga de aquí; pues más quiero que el carnicero me mate, que no ser devorado por vos.

Si alguno, sin pedírselo, se empeña en dar consejo, es de sospechar quiera engañar, y en tal caso no se debe dar crédito a sus palabras.

205

El vaquero y el león

Un vaquero que apacentaba una numerosa vacada echó de menos un becerro, y siendo vanas cuantas diligencias hacía para encontrarlo, ofreció a Júpiter sacrificarle un cabrito si le mostraba el sitio en que se ocultaba el ladrón que lo había robado. Entrando después, siguiendo sus pesquisas, en un bosque cercano, vio que un león estaba devorando el becerro perdido, y lleno de terror alzó las manos al cielo temblando y dijo:

—¡Oh!, altísimo Júpiter, te había ofrecido un cabrito si me concedías descubriese al que había robado el becerro, mas ahora prometo sacrificarte un toro si escapo de sus garras.

Muestra esta fábula que los hombres desgraciados encuentran por lo común su daño hasta en el mismo bien que desean.

206

El avariento

Cierto hombre avaro vendió cuanto poseía y convirtió su precio en oro, el cual enterró en un lugar oculto y teniendo todo su ánimo y su pensamiento puesto en el tesoro, iba diariamente a visitarlo, lo que observado por otro hombre fue a aquel sitio, desenterró el oro y se lo llevó. Cuando el avaro vino según costumbre a visitar su tesoro y vio desenvuelta la tierra y que lo habían robado, se puso a llorar y a arrancarse los cabellos. Uno que pasaba viendo los extremos que hacía aquel hombre, se llegó a él, y después de informarse de la causa de su dolor, le dijo:

—¿Por qué te entristeces tanto por haber perdido un oro que tenías como si no lo poseyeras? Toma una piedra y entiérrala, figurándote que es oro, una vez que tanto te servirá ella como te servía ese oro de que nunca hacías uso.

Esta fábula enseña que de nada sirve poseer una cosa si no se disfruta.

207

Los dos jóvenes y el repostero

Dos jóvenes llegaron a la casa de un repostero bajo el pretexto de comprar comida, y mientras el repostero se hallaba ocupado en otras cosas, uno de ellos tomó un trozo de carne, lo dio a su compañero y éste lo ocultó al momento bajo la ropa. El repostero advirtió al instante que le faltaba aquella carne, y empezó a reconvenir a los jóvenes diciendo que se la habían quitado, pero ellos se disculpaban jurando por Júpiter; el que la había robado, que nada tenía, y el que la tenía guardada, que no la había robado. Yo, les respondió el repostero, no puedo saber quién es el ladrón, pero bien ve quién es Júpiter por quien juráis.

Cuando cometemos algún delito, puede que quede oculto a los ojos de los hombres, pero a la Divinidad que se sienta sobre los cielos, y cuya vista penetra hasta en los abismos, nada se le oculta.

208

El león y el toro

Un león vio un toro grande y grueso que pastaba entre un rebaño de ovejas y buscó la manera de ponerle las garras encima. Así, le envió una nota en la que le decía que iba a sacrificar un carnero y le preguntaba si le haría el favor de cenar con él. El toro aceptó la invitación, pero, al llegar a la guarida del león, vio gran cantidad de cacerolas y asadores sin rastro alguno del carnero, por lo que dio media vuelta y se alejó. El león lo llamó con tono afligido y le preguntó la razón de su marcha, por lo que el toro dio media vuelta y dijo:

—Tengo motivos suficientes. Cuando vi todos los preparativos, entendí enseguida que la víctima iba a ser un toro, no un carnero.

En vano se tiende la red ante los ojos mismos del ave.

209

La corneja fugitiva

Un hombre atrapó una corneja y le ató una cuerda a una de las patas. Después, se la regaló a sus hijos como mascota. Sin embargo, al ave no le gustaba tener que vivir con personas, por lo que, tras un tiempo, cuando parecía bastante domesticada y no la observaban con tanta atención, se escabulló y voló a su antiguo refugio. Por desgracia, seguía teniendo la cuerda atada a la pata y, poco después, se le enganchó a las ramas de un árbol del que la corneja no se pudo liberar, aunque lo intentó. Al darse cuenta de que estaba acabada, exclamó desesperada:

—Ay, he ganado la libertad y he perdido la vida.

210

La zorra y el hombre labrador

Un labrador estaba muy molesto con una zorra que merodeaba de noche por su jardín y se llevaba a sus aves de corral. Por eso, puso una trampa y la atrapó. Para vengarse de ella, le ató un puñado de estopa en la cola, le prendió fuego y la dejó libre. Sin embargo, tuvo la mala suerte de que la zorra corriera directamente hacia sus campos, donde el maíz estaba maduro y preparado para cortarse. Pronto, se prendió fuego y se quemó, por lo que el labrador perdió toda su cosecha.

La venganza es una espada de doble filo.

211

Los dos enemigos

Dos hombres de ánimo iracundo, enemistados entre sí, navegaban en una misma nave, y no queriendo estar juntos, uno se fue a la popa y otro a la proa. Levantose de repente una terrible tempestad que puso el barco en gran peligro, lo cual viendo el que estaba en la proa, preguntó al piloto qué parte de la nave era la primera que se sumergía, y respondiéndole éste que la popa dijo él:

—Entonces muero contento, pues veré primero perecer a mi enemigo.

Esta fábula enseña que el odio de las enemistades lleva a la locura de perderse a sí mismo con tal de dañar al que se odia.

212

El ciervo tuerto

Un ciervo, ciego de un ojo, estaba pastando cerca de la orilla del mar. Mantenía el ojo sano dirigido hacia la tierra para poder percibir si se acercaban sabuesos mientras el otro lo dirigía al mar sin sospechar que el peligro podía venir de ese lugar. Sin embargo, unos marineros que avanzaban por la orilla, lo observaron y le lanzaron una flecha que lo hirió mortalmente. Mientras permanecía tumbado, moribundo, se dijo:

—¡Vaya desgracia la mía! Tuve en cuenta los peligros de la tierra, desde donde nadie me ha atacado, pero no temí el peligro procedente del mar, que es de donde ha llegado mi ruina.

La desgracia a menudo nos asalta desde el lugar más inesperado.

213

El perro y la liebre

Un joven perro asustó a una liebre y, cuando la atrapó, a veces le enseñaba los dientes como si estuviera a punto de matarla y otras la abrazaba y retozaba como si estuviera jugando con otro perro. Al final, la liebre dijo:

—Ojalá me mostraras tu verdadero rostro. Si eres mi amigo, ¿por qué me muerdes? Si eres mi enemigo, ¿por qué juegas conmigo?

Un amigo no se involucra en un doble juego.

El perro y la liebre

214

El águila y los gallos

Había dos gallos en la misma granja, que peleaban entre sí para decidir quién debería ser el líder. Cuando se acabó la disputa, el perdedor se escondió en un rincón oscuro mientras el victorioso voló hasta el tejado de los establos y cacareó con fuerza. Sin embargo, un águila lo vio desde lo alto del cielo, bajó en picado y se lo llevó. De inmediato, el otro gallo salió de su escondite y reinó en el gallinero sin rival.

Antes de la caída, la altivez de espíritu.

215

La prueba de la amistad

Lucano, sabio de la Arabia, después de haber dado muy sabios consejos a su hijo, le preguntó si tenía muchos amigos: Según creo, respondió éste, tengo más de ciento. Hijo, díjole el padre: No puedes decir que uno es amigo tuyo hasta que lo hayas probado. Yo, que tengo más años que tú, hasta ahora no he hallado sino un medio amigo, y tú, sin haberlos probado, ¿dices que tienes ciento? Pruébalos primero antes de creer que son amigos. Padre, respondió el hijo, ¿cómo los tengo de probar? Ve, le dijo el padre, y mata un becerro, métulo en un saco, que salpicarás un poco de sangre por fuera, llévalo a alguno de esos amigos y dile que es un hombre que has muerto, y que le ruegas como amigo te ayude a ocultar tu delito y a enterrarlo, para que la justicia no te castigue. Así los irás luego probando a todos y verás si alguno de ellos es tu amigo verdadero.

El hijo hizo cuanto el padre le aconsejó, y el primer amigo a quien se dirigió le dijo: Amigo, vete allá con tu muerto, no entres con él en mi casa; si cometiste ese delito, prepárate para el castigo. Yendo después a los otros amigos con la misma súplica, todos le respondieron casi del mismo modo, echándose fuera del compromiso.

Volvió el hijo, y refiriéndole al padre lo que le había sucedido, le dijo éste: Hasta aquí has experimentado lo que dice el filósofo: que muchos son los que se llaman amigos, pero que en realidad lo son pocos o ninguno. Ahora ve a aquel medio amigo mío y haz con él la misma prueba, a ver lo que te dice. El hijo fue, en efecto, y le dijo lo mismo que había dicho a sus fingidos amigos; oyendo lo cual aquel hombre le hizo entrar con sigilo, y haciendo retirar a toda la familia, luego que quedaron solos, empezó a cavar para enterrar el saco con el muerto sin que nadie lo supiese; pero no fue menester, porque el joven le descubrió todo el hecho, y dándole las debidas gracias se volvió a su padre y le refirió lo que le había pasado. Entonces le dijo el padre: De semejantes amigos habla el filósofo cuando dice que únicamente es buen amigo el que ayuda en la necesidad.

Viendo el hijo que un medio amigo hacía esto, preguntó al padre si había visto alguna vez un amigo entero: No lo he visto jamás, le respondió éste, pero he oído hablar de uno. Rogole el hijo entonces que se lo refiriese, y el padre le habló así: Oí contar que dos mercaderes, uno de los cuales vivía en Egipto y el otro en Beldach, se estimaban mutuamente, aunque sin conocerse más que por la correspondencia que seguían en su comercio. Pasado algún tiempo, el mercader de Beldach fue a Egipto, salió su amigo a recibirle y se lo llevó a su casa tratándole con la mayor amistad. Estando allí muy obsequiado el mercader de Beldach cayó gravemente enfermo, y su amigo llamó a los médicos, los que después de examinar los síntomas de la enfermedad dijeron que su mal no era del cuerpo, sino del ánimo, pues sin duda estaba poseído de un deseo invencible de amor hacia alguna mujer o de codicia. Oída la relación de los médicos, el mercader de Egipto se llegó a su amigo y le dijo si había en la casa alguna mujer de la cual estuviese enamorado y fuese causa de su mal, y diciendo el enfermo que se las mostrasen y que él diría la verdad, hizo al momento poner delante de él a todas las mujeres de su casa. Entre ellas había una joven muy hermosa, a la cual amaba él mucho, y la tenía para casarse con ella, y viéndola el de Beldach dijo: Amigo, de ésta depende mi vida o mi muerte. En cuanto el egipcio oyó estas palabras, le entregó aquella joven por mujer, y casándose con ella cobró su amigo al instante la salud, volviéndose poco después a su tierra.

Algún tiempo después sucedió que el mercader de Egipto perdió todos sus bienes, y viéndose reducido a la miseria, determinó ir a ampararse a casa de su amigo el de Beldach. Llegó allí una noche, y sumamente desconsolado se fue al templo. Al salir, vio que dos hombres reñían y que el uno mató al otro, y se escapó; y quedándose él aterrado, los vecinos que acudieron al ruido, viéndole cerca del muerto al mercader de Egipto, le prendieron y preguntaron si había él matado a aquel hombre. El mercader, que cansado de su desgracia deseaba morir, dijo que sí. Oído esto le llevaron a los jueces, los cuales le condenaron a muerte; y acudiendo mucho gentío a ver la ejecución, según costumbre, también fue entre otros su amigo, y viendo que el que llevaban al patíbulo era su amigo el de Egipto, acordándose de los muchos beneficios que le había hecho, quiso sufrir la muerte y el suplicio por él, y dijo en voz alta a los jueces que aquél que llevaban al suplicio era inocente, pues él era el que había hecho la muerte. Los jueces oyendo esto estaban perplejos y consultaban entre sí, cuando el hombre que verdaderamente había hecho la muerte, y se hallaba presente, viendo la fidelidad y amor de los dos amigos, y que el uno quería morir por el otro, no pudo disimular más, e instigado de su propia conciencia, se fue a los jueces y dijo: Oíd, señores. La justicia divina me castigaría gravemente si no confesara mi delito. Yo fui quien mató a aquel hombre que hallasteis en la calle, no lo dudéis, condenadme a mí, pues no puedo sufrir que muera este inocente. Los jueces, viendo un caso tan extraño, condujeron a los tres en presencia del rey, refiriéndole lo que había sucedido. El rey, oyendo que el culpado había confesado la culpa tan ingenuamente, sólo con el fin de librar a un inocente, le perdonó la vida; y el mercader de Beldach se llevó a su casa al de Egipto, y consolándole de sus desgracias le dijo: Si quieres vivir en mi compañía, cuanto tengo será tuyo, y si quieres volverte a tu tierra, dividamos mi fortuna, toma una parte y yo me quedaré con la otra. Lo hicieron así, y el mercader de Egipto tomó la mitad de los bienes que le dio su amigo y se volvió a su tierra.

Las desdichas de un amigo las siente como suyas el que es amigo verdadero. La amistad que no ha sido probada en la adversa fortuna no debe inspirar una total confianza.

216

El león enamorado

Un león amaba en extremo a la hija de un campesino, y deseando obtenerla por esposa la pidió a su padre. El campesino, al oír proposición tan extravagante, respondió que jamás accedería a casar a su hija con una bestia; pero viendo que el león se ponía furioso y rechinaba los dientes, mudando de lenguaje le dijo que estimaría casar a su hija con él, pero que para esto era menester se dejase cortar las uñas y sacar los dientes, pues aquellas temibles armas aterraban a la doncella. El león, llevado de su amor, se sometió a ello, y ya desarmado pidió al padre le diese su hija, pero éste viéndolo ya sin uñas ni dientes, lo hizo huir a latigazos.

Esta fábula enseña que el que se pone en manos de sus enemigos perece infaliblemente.

217

El granjero y la víbora

Un invierno, un granjero encontró a una víbora congelada y entumecida por el frío. Le dio pena, por lo que la recogió y la colocó contra su pecho. La víbora, en cuanto revivió por la calidez, se lanzó a por su benefactor y le produjo una picadura letal. Mientras el pobre hombre permanecía allí, moribundo, exclamó:

—¡Tengo lo que me merezco por compadecerme de una criatura tan malvada!

La maldad malgasta la bondad.

218

El cuervo y el cisne

Un cuervo se moría de envidia cuando veía el hermoso plumaje blanco de un cisne y pensó que se debía al agua en la que se bañaba y nadaba constantemente este último. Por eso, abandonó el vecindario de los altares donde se ganaba la vida, picoteando pedazos de carne que se ofrecían en sacrificio, y se dispuso a vivir entre estanques y riachuelos. Sin embargo, aunque se bañaba y lavaba las plumas muchas veces al día, no se volvieron más blancas y, además, acabó muriendo de hambre.

Quizás cambies tus costumbres, pero no tu naturaleza.

219

La liebre y el sabueso

Un sabueso asustó a una liebre y la persiguió a cierta distancia. Sin embargo, poco a poco ella ganó ventaja y el sabueso se rindió. Un campesino que había visto la carrera se acercó al sabueso cuando volvía y se burló de su derrota.

—¿Esa pequeña era demasiado para ti?

—Bueno —contestó el sabueso—, no olvides que una cosa es correr para conseguir la cena y otra, correr para salvar la vida.

220

El halcón y el ruiseñor

Hallándose una mañana el halcón en el nido de un ruiseñor, le suplicó éste que no dañase a sus hijos. Si cantas bien, respondió el halcón, haré lo que me ruegas. El ruiseñor, por miedo de perder sus hijos, comenzó a cantar, pero el halcón le dijo: Amigo, no cantas bien; y tomando un hijo del ruiseñor, se lo comió. Llegando en esto un cazador, armó un lazo al halcón y, hallándolo distraído, le cogió fácilmente.

No podemos vivir desprevenidos, pues unos con otros vivimos en continua guerra, y así, el que tiene enemigos no debe descuidarse.

221

La mosca y la mula

Una mosca se posó en uno de los postes de una carreta y le dijo a la mula que tiraba de ella:

—¡Qué lenta eres! Aumenta tu ritmo o tendré que usar mi picadura como incentivo.

La mula no se molestó lo más mínimo.

—Detrás de mí, en la carretilla —dijo—, se sienta mi dueño. Sujeta los estribos y me da con el látigo. A él sí lo obedezco, pero no toleraré tu impertinencia. Yo sé cuándo demorarme y cuándo no.

222

El labrador y los perros

Sorprendido un labrador en medio del campo por las nevadas del invierno, y concluyéndosele las provisiones, primero degolló algunas ovejas para alimentarse, luego echó mano de las cabras y finalmente mató los bueyes de la labranza. Lo cual viendo los perros hablaron entre sí de esta manera: Debemos huir de aquí al momento, pues si el amo no ha perdonado ni aun a los bueyes que le aran, menos nos perdonará a nosotros.

Esta fábula enseña que se debe huir y precaverse de aquéllos que tratan sin piedad a los que les sirven fielmente.

223

La gata convertida en mujer

Una gata se enamoró de un hermoso joven y le suplicó a la diosa Afrodita que la convirtiera en mujer. Afrodita se mostró muy amable y enseguida la transformó en una preciosa doncella, de quien el joven se enamoró a primera vista y ambos se casaron poco después. Un día, Afrodita pensó que le gustaría ver si la gata había

El lobo y la grulla

cambiado sus costumbres, igual que su forma, por lo que dejó suelto a un ratón por la habitación en la que estaban. Olvidándose de todo, en cuanto vio al ratón, la joven se puso en pie de un salto y lo persiguió como un rayo. Ante esto, la diosa se sintió tan asqueada que volvió a convertirla en gata.

Enseña esta fábula que aunque se mude de condición y estado, se conservan siempre en ellos las costumbres primeras.

224

El lobo y la grulla

Una vez a un lobo se le quedó atascado un hueso en la garganta, por lo que se acercó a la grulla y le suplicó que le metiera el largo pico en la garganta para sacárselo.

—Te pagaré por tu tiempo —añadió.

La grulla hizo lo que le pedía y sacó el hueso con bastante facilidad. El lobo se lo agradeció con calidez y estaba a punto de marcharse cuando ella gritó:

—¿Y mi recompensa?

—¿Qué pasa con ella? —replicó el lobo antes de enseñarle los dientes—. Puedes ir por ahí presumiendo de que una vez metiste la cabeza en la boca de un lobo sin que te mordiera. ¿Qué más quieres?

Esta fábula demuestra que es inútil hacer bien a los malos, porque nunca se acuerdan del beneficio que reciben.

225

El zapatero convertido en doctor

Un zapatero muy poco habilidoso, al ser incapaz de conseguir el sustento con su profesión, dejó a un lado el remiendo de botas y se dispuso a ser doctor. Extendió el rumor de que conocía el secreto de un antídoto universal contra todos los venenos y consiguió una gran reputación gracias a su talento para ensalzarse. No obstante, un día, cayó enfermo y el rey del país pensó que comprobaría la valía de sus remedios. Así, pidió una taza y vertió una dosis del antídoto. Luego, fingiendo que lo mezclaba con veneno, añadió un poco de agua y le ordenó que se lo bebiera. Aterrado por el veneno, el zapatero confesó que no sabía nada de medicina y que su antídoto no valía la pena. Entonces, el rey hizo llamar a sus súbditos y se dirigió a ellos de la siguiente manera:

—¡No hay ingenuos más grandes que vosotros! Este es el zapatero al que nadie enviaba sus botas a reparar, pero no habéis dudado en confiarle vuestras vidas.

226

El granjero y la cigüeña

Un granjero puso varias trampas en un campo en el que había cultivado maíz para atrapar a las grullas que se acercaban a picotear las semillas. Cuando regresó a echarle un vistazo a los cepos, descubrió que había atrapado a varias grullas, pero que también había entre ellas una cigüeña que le suplicaba que la dejara marchar.

—No deberías matarme porque no soy una grulla, sino una cigüeña, como puedes ver con facilidad por mis plumas. Soy el pájaro más sincero e inofensivo.

Pero el granjero contestó:

—Me da igual lo que seas. Te he atrapado junto con estas grullas, que me destrozan los cultivos, y, como ellas, sufrirás.

Si eliges a malas compañías, nadie creerá que tú no eres malo.

227

El asno y el lobo

Un asno se estaba alimentando en un prado y, al ver a su enemigo, el lobo, a cierta distancia, fingió estar muy mal y cojeó de forma dolorosa por el lugar. Cuando el lobo se acercó, le preguntó al burro qué le había pasado y este contestó que se había clavado una espina antes de suplicarle que se la quitara con los dientes.

—Por si acaso —continuó—, al comerme, se te queda atascada en la garganta y te produce gran dolor.

El lobo dijo que lo haría y le pidió al asno que levantara la pata, con la atención totalmente puesta en sacar la espina. Sin embargo, el burro de repente se levantó sobre los talones y le propinó una terrible patada en la boca al lobo, con lo que le rompió los dientes. Después, trotó lejos a toda velocidad. Tan pronto como pudo hablar, el lobo gruñó para sí:

—Me lo merezco. Mi padre me enseñó a matar y debería haberme centrado en esa tarea, en lugar de intentar curar.

228

La alondra

Una alondra que había caído en un lazo se lamentaba así: ¡Ay de mí!, infeliz avecilla, no he tomado oro ni plata, ni cosa alguna preciosa, solamente un grano de trigo me ha traído a la muerte.

Esta fábula amonesta a los que por cosas de ningún valor se exponen a graves peligros.

229

La rana del pantano y la rana del camino

Dos ranas eran vecinas. Una vivía en un pantano, donde había mucha agua, algo que a las ranas les encanta, y la otra en un camino a cierta distancia, donde sólo había agua en los surcos tras la lluvia. La del pantano aconsejó a su amiga y le insistió para que se fuera a vivir con ella porque descubriría que su alojamiento era mucho más cómodo y, sobre todo, más seguro. Sin embargo, la otra se negó, diciendo que no se veía dejando atrás el lugar al que se había acostumbrado. Unos días después, un pesado vagón recorrió el camino y la aplastó con las ruedas.

Esopo

230

El lobo y el pastor

Un lobo deambuló cerca de un rebaño de ovejas durante mucho tiempo, pero no intentó acosarlas. Al principio, el pastor se mantuvo alerta porque pensaba que iba a hacer alguna fechoría. No obstante, el tiempo pasó y el lobo no mostró intención alguna de molestar al ganado, por lo que empezó a considerarlo más un protector que un enemigo.

De este modo, cuando un día tuvo que hacer un recado en la ciudad, no se sintió inquieto por dejar al lobo con las ovejas. Sin embargo, en cuanto se dio media vuelta, el lobo las atacó y mató a una gran cantidad de ellas. Al regresar el pastor y ver el caos que había provocado, gritó:

—¡Me lo merezco por haberle confiado el ganado a un lobo!

231

El estómago y los pies

Una vez, los pies de un cuerpo se rebelaron contra el estómago.

—Vives de forma lujosa y perezosa —le dijeron— y no te esfuerzas lo más mínimo mientras que nosotros no sólo tenemos que hacer todo el trabajo duro, sino que somos tus esclavos y debemos satisfacer tus necesidades. No volveremos a hacerlo, tendrás que buscarte la vida por ti mismo a partir de ahora.

Cumplieron su promesa y dejaron que el estómago se muriera de hambre. El resultado fue el esperado: el cuerpo entero pronto empezó a fallar y todos los miembros sufrieron un colapso general. Cuando vieron lo ingenuos que habían sido, era demasiado tarde.

En los miembros y el vientre se significa la sociedad humana: un miembro sirve a otro y todos se sirven mutuamente. Nadie se basta a sí mismo para todo.

232

El ratón de ciudad y el ratón de campo

Un ratón de ciudad y un ratón de campo se conocieron y, un día, el segundo invitó a su compañero a que lo visitara en su hogar campestre. El ratón de ciudad lo hizo y se sentaron a cenar granos de cebada y raíces. Estas últimas tenían un característico sabor terroso. La comida no era del gusto del invitado y enseguida dijo:

—Mi pobre amigo, vives aquí peor que las hormigas. Deberías ver mis banquetes. Mi despensa es el cuerno de la abundancia. Ven y quédate conmigo. Te prometo que vivirás en una tierra fértil.

Así, cuando regresó a la ciudad, se llevó consigo al ratón de campo y le mostró la despensa, que contenía harina, avena, higos, miel y dátiles. El ratón de campo nunca había visto nada igual y se

El ratón de ciudad y el ratón de campo

sentó para disfrutar de las comodidades que su amigo le proporcionaba. No obstante, antes de que hubieran comenzado, la puerta de la despensa se abrió y alguien entró. Los ratones se escabulleron y escondieron en un estrecho agujero muy incómodo. Después, cuando todo se calmó, se aventuraron a salir de nuevo, pero alguien volvió a entrar y tuvieron que huir otra vez. Aquello fue demasiado para el visitante.

—Adiós —dijo—, me marcho. Veo que vives rodeado de lujos, pero también estás rodeado de peligros mientras que yo, en mi casa, puedo disfrutar en paz de una sencilla cena de raíces y trigo.

Las riquezas tienen sólo una apariencia de felicidad, que si se examina está llena de amargura y de cuidados. Comúnmente son más felices los pobres que los poderosos.

233

El caballo, el buey, el perro y el hombre

Un día de invierno, durante una intensa tormenta, un caballo, un buey y un perro aparecieron en la casa de un hombre para pedirle refugio. Él los admitió, encantado, y, como estaban mojados y tenían frío, encendió un fuego para que estuvieran cómodos. Ante el caballo puso avena, al buey le dio heno y alimentó al perro con los restos de su cena.

Cuando pasó la tormenta y estaban a punto de partir, decidieron mostrarle su gratitud de la siguiente manera: dividieron la vida del ser humano entre ellos y cada uno otorgó sus cualidades a una parte. El caballo optó por la juventud y por eso los jóvenes son nerviosos e incapaces de soportar las restricciones; el buey eligió la edad adulta y, de este modo, los hombres adultos son estables y trabajadores, y el perro se quedó con la vejez, razón por la cual los ancianos a menudo se muestran malhumorados e irascibles y, como los perros, sienten afecto sobre todo por aquellos que les ofrecen bienestar, al mismo tiempo que están dispuestos a atacar a los que les resultan desconocidos o desagradables.

234

El asno, el gallo y el león

Un asno y un gallo estaban juntos en un corral. Entonces, un león que llevaba hambriento varios días se presentó allí y estaba a punto de abalanzarse sobre el burro para comérselo cuando el gallo se irguió al máximo, batió las alas de forma vigorosa y soltó un fuerte cacareo. No hay nada en el mundo que asuste más a un león que el canto de un gallo. Así, en cuanto oyó el sonido, echó a correr. El asno se sintió exultante y pensó que, si el león no podía enfrentarse al gallo, menos podría hacerlo con uno de su especie, por lo que corrió y lo persiguió. Sin embargo, cuando los dos se alejaron de los ojos y oídos del gallo, el león se dio media vuelta de repente, se lanzó sobre el asno y se lo comió.

La falsa confianza lleva a menudo al desastre.

235

La cigarra y la lechuza

Una lechuza, que vivía en un árbol hueco, tenía por costumbre alimentarse por la noche y dormir por el día. Sin embargo, el canto de una cigarra, que se había asentado en las ramas, siempre interrumpía su duermevela. Le suplicó repetidas veces que tomara en cuenta su bienestar, pero la cigarra, como mucho, cantaba más alto. Al final, la lechuza no pudo soportarlo más y decidió engañar a la alimaña para deshacerse de ella. Se dirigió a la cigarra de la manera más agradable posible:

—Como no puedo dormir debido a tu canto, que considero tan dulce como las notas de la lira de Apolo, tengo pensado tomar un poco de néctar que me dio Atenea el otro día. ¿Por qué no vienes y lo hacemos juntas?

La cigarra se sintió halagada por el cumplido a su canto y se le hizo la boca agua ante la mención de la deliciosa bebida, por lo que contestó que estaría encantada. Tan pronto como entró en el agujero donde se encontraba posada la lechuza, esta se abalanzó sobre ella y se la comió.

236

El caballo viejo y el molinero

Un caballo al que habían usado para llevar a su jinete a la batalla sintió que se volvía viejo y decidió trabajar mejor en un molino. Ya no salía con orgullo ante el batir de los tambores, sino que se veía obligado a matarse a trabajar todo el día moliendo el maíz. Lamentando su suerte, un día le dijo al molinero:

—Ay, pobre de mí. En el pasado, fui un espléndido caballo de guerra, enjaezado de forma grandiosa, atendido por un mozo cuyo único deber era satisfacer mis necesidades. ¡Qué diferente es mi situación actual! Ojalá nunca hubiera cambiado el campo de batalla por el molino.

El molinero replicó con aspereza:

—No merece la pena arrepentirse por lo que se ha hecho en el pasado. La suerte tiene muchos altibajos, debes aceptarlos según vienen.

237

La zorra, el gallo y los perros

Hambrienta, una zorra embistió a unas gallinas y a un gallo, los cuales para librarse de ella se subieron a un árbol. Viendo la zorra que no podía subir a él, habló al gallo de esta manera: Amigo, buenas nuevas te vengo a traer; ayer se firmaron las paces entre todos los animales, de suerte que no habrá más riñas, ni enemistades entre nosotros, y así te ruego que bajes con las gallinas y nos reconciliaremos, pues deseo darte un abrazo. El gallo, que desde lo alto del árbol vio venir hacia aquel sitio dos lebreles, respondió a la zorra: Mucho me alegro de esa nueva, que seguramente es cierta, pues veo venir dos perros que serán los correos portadores de la noticia. Entonces dijo la zorra: Mucho siento no esperarme, pero es preciso que me vaya. ¿Por qué temes?, dijo el gallo: ¿No hay paz entre nosotros? Te ruego que no te vayas, pues luego que estén aquí los correos, bajaré y celebraremos juntos las paces como tú decías. La zorra, a pesar de esto, no quiso esperarlos y salió huyendo.

Muchas veces con palabras amistosas nos quiere engañar el enemigo; es menester por tanto vivir advertidos.

238

El ciervo enfermo

Un ciervo cayó enfermo y se tumbó en un claro del bosque, demasiado débil para moverse de su sitio. Cuando se extendió la noticia de su enfermedad, otros animales se acercaron para preguntar por su salud y todos ellos iban dando mordisquitos a la hierba que crecía en torno al doliente hasta que, al final, no quedó ni un tallo a su alcance. Unos días después, comenzó a sanar, pero seguía estando demasiado débil para levantarse y buscar comida. De esta forma, murió de manera miserable de hambre por la desconsideración de sus amigos.

239

La corneja y la oveja

Una corneja holgazana púsose sobre una oveja molestándola con el pico. La oveja le habló de esta suerte:

—Si molestases o inquietases al perro como a mí, bien pronto te castigaría con sus colmillos.

La corneja respondió:

—Yo me subo en alto y desde allí lo registro todo, y como tengo muchos años y larga experiencia, embisto siempre a los humildes y buenos, y dejo en paz a los valerosos y malos, y así me sale bien.

El cobarde abandona la honra si trae peligro, y toma para sí lo seguro aunque sea con bajeza.

240

El águila, el cuervo y el pastor

Un día, un cuervo vio a un águila bajando en picado a por un cordero antes de llevárselo con las garras.

—Por mi honor —dijo—, yo también haré lo mismo.

Se lanzó al vuelo y bajó en picado con un fuerte aleteo hasta alcanzar el lomo de un gran carnero. En cuanto apoyó las garras, se le enredaron en la lana y todo lo que hizo no sirvió de nada porque estaba atrapado y mover las alas sólo empeoraba la situación. Con el tiempo, apareció el pastor.

—Vaya —dijo—, así que a esto te has estado dedicando, ¿no?

Cogió al cuervo, le cortó las alas y se lo llevó a casa para sus hijos. Tenía un aspecto tan raro que no sabían qué hacer con él.

—¿Qué clase de pájaro es, padre? —preguntaron.

—Es un cuervo —contestó— y nada más que eso, pero quiere hacerse pasar por un águila.

Si intentas hacer algo que está más allá de tu poder, malgastarás esfuerzos y cortejarás no sólo la desgracia, sino también el ridículo.

241

El padre y el hijo mal criado

Un padre tenía un hijo muy consentido y mal criado, y un sabio le contó este cuento: Cierto labrador unció un becerro con un buey para amansarle, pero el becerro hería con los cuernos al buey y tiraba el yugo en el suelo. Entonces dijo el labrador al becerro: No te he puesto el yugo para que ares, ni labres la tierra, desde luego, sino para domarte mientras eres joven, y así, si no quieres amansarte ahora serás castigado severamente.

Los hijos se deben castigar cuando son pequeños, pues el ánimo de los niños fácilmente se doma así como se amolda sin trabajo la blanda cera.

242

El lobo, la zorra y el mono juez

Un lobo culpó a una zorra de hurto, cosa que ella negó, por lo que llevaron el caso ante el mono para que se juzgara. Cuando oyó las pruebas de ambas partes, el mono hizo justicia de la siguiente manera:

—No creo —anunció— que tú, lobo, perdieras nunca lo que afirmas, pero igualmente creo que tú, zorra, eres culpable del hurto, a pesar de tus negativas.

Los deshonestos no reciben ningún crédito, aunque actúen de forma honesta.

El lobo, la zorra y el mono juez

243

El lobo y el cordero

Un lobo estaba persiguiendo a un cordero que se refugió en un templo. El primero le insistió para que saliera del recinto y añadió:

—Si no lo haces, seguro que el cura te atrapa y te ofrece como sacrificio en el altar.

Ante eso, el cordero contestó:

—Gracias, pero creo que me quedaré donde estoy. Prefiero que me sacrifiquen a que me coma un lobo.

244

El canoso y sus dos pretendientes

Un hombre de mediana edad, cuyo pelo comenzaba a volverse canoso, tenía dos pretendientes, una anciana y una joven. A la primera no le gustaba tener un amante que pareciera mucho más joven que ella, por lo que cada vez que lo veía, le quitaba los pelos negros de la cabeza para que pareciera mayor. Por otra parte, a la joven no le gustaba que pareciera mucho mayor que ella, por lo que aprovechaba cada oportunidad que tenía para arrancarle las canas y que pareciera más joven. Entre las dos, al hombre no le quedó ni un pelo en la cabeza y acabó con una calva perfecta.

Esta fábula enseña que nada le conviene mejor al hombre anciano que carecer de mujeres, y mucho más de mujeres que no sean de su edad.

245

Los lobos y las ovejas

Los perros hacían centinela guardando a las ovejas, y las defendían de la voracidad de los lobos. Conociendo esto los lobos enviaron mensajeros a las ovejas diciendo que querían paz con ellas, con tal que para la común seguridad entregasen mutuamente en rehenes, ellas a los perros, y ellos a sus hijos. Convinieron las ovejas, y así los perros pasaron a poder de los lobos, y los cachorros de éstos a poder de las ovejas. Creyeron las ovejas que de este modo vivirían en perpetuo sosiego y tranquilidad, pero sucedió muy al contrario, pues pocos días después los hijos de los lobos, viéndose separados de sus madres, empezaron a aullar, y los lobos, que habían ya degollado a los perros mientras dormían, oyendo los gritos de sus hijos corrieron a socorrerlos, y se echaron sobre las ovejas, bajo pretexto de haber roto el tratado de alianza y de haber maltratado a sus hijos; y no teniendo ya la defensa de los perros, fueron despedazadas.

Nunca se debe poner en poder del enemigo lo que constituye la propia defensa.

246

El enfermo y el médico

Un hombre enfermo recibió la visita de su médico, quien le preguntó cómo se encontraba.

—Bastante bien, doctor —dijo—, pero sudo mucho.

—Vaya —contestó el médico—, eso es buena señal.

En su siguiente visita, le hizo la misma pregunta y el paciente contestó:

—Como siempre, aunque sufro convulsiones que me dejan frío el cuerpo.

—Vaya —respondió el médico—, eso también es buena señal.

Cuando volvió una tercera vez y preguntó de nuevo por la salud de su paciente, el enfermo dijo que se sentía muy febril.

—Una muy buena señal —replicó el doctor—, vas muy bien.

Después, un amigo fue a ver al enfermo y, al preguntarle qué tal se encontraba, recibió como contestación:

—Querido amigo, me muero de buenas señales.

No se debe creer a los que nos hablan más con intento de darnos gusto que de decirnos la verdad.

El gallo y la joya

247

El gallo y la joya

Un gallo, que escarbaba en el suelo en busca de algo que comer, encontró una joya que, por casualidad, se había caído allí.

—Vaya —dijo el animal—, eres preciosa, sin duda, y, si tu dueño te hubiera encontrado, se hubiera llevado una gran alegría. Sin embargo, he sido yo y prefiero un solo grano de trigo antes que todas las joyas del mundo.

Por piedra preciosa se entiende la sabiduría y el arte; por gallo el hombre ignorante o libidinoso. Pues ni los necios aprecian la ciencia, que no conocen, ni el libidinoso estima lo que no sirve a sus deleites.

248

La zorra y los cazadores

Huyendo una zorra de los cazadores y viéndose ya perdida, encontró a un leñador a quien rogó la ocultase en cualquier parte, y éste, mostrándole su choza le dijo entrase en ella, lo cual hizo la zorra al momento, y se ocultó allí. En esto llegaron los cazadores y preguntaron al leñador por la zorra; éste les respondió que no la había visto, pero al mismo tiempo que decía esto, les señalaba con las manos y la mirada el sitio en que aquélla se hallaba oculta. Los cazadores no obstante no entendiendo sus señas se fueron, y la zorra, luego que los sintió irse, salió de su escondrijo y pasó por delante del leñador sin decirle palabra. ¿Cómo es esto? Le dijo él, ¿te he salvado la vida y ni siquiera me das las gracias? Ay, amigo, respondió la zorra, si tu mano, tus ademanes y tus obras fuesen tan buenas como tus palabras, seguramente merecerías que te las diese muy cumplidas.

Esta fábula demuestra que quien mezcla las obras buenas con las malas, hace mal siempre.

Esopo

249

La pulga y el buey

Una vez, una pulga le dijo a un buey:

—¿Cómo es posible que un tipo tan grande y fuerte como tú esté contento con servir a la humanidad y hacer todo su arduo trabajo mientras yo, que no soy más grande de lo que ves, vivo en sus cuerpos, bebo su sangre y no me esfuerzo?

Ante eso, el buey contestó:

—Los hombres se portan muy bien conmigo, por lo que me siento agradecido. Me alimentan y me dan cobijo. De vez en cuando, me muestran su cariño dándome palmadas en la cabeza y el cuello.

—Conmigo también lo hacen —replicó la pulga— si les dejo, pero me cuido mucho de no permitírselo o no quedaría nada de mí.

250

Las aves, las bestias y el murciélago

Las aves estaban en guerra con las bestias y se enfrentaron en muchas batallas con distinto éxito para ambos bandos. El murciélago no se decantaba por ninguna parte, sino que, cuando las cosas les iban bien a los pájaros, se unía a sus filas y, cuando eran las bestias las que llevaban ventaja, se colaba entre ellas. Nadie le prestó atención durante toda la guerra, pero, al acabarse y recuperarse la paz, ni las aves ni las bestias quisieron tener nada que ver con un traidor que jugaba a un doble juego, por lo que se convirtió hasta hoy en día en un marginado, expulsado de ambos grupos.

251

Los viajeros y el sicomoro

Dos viajeros estaban recorriendo un camino desnudo y polvoriento un caluroso día de verano. Al llegar a un sicomoro, se retiraron a un lado para cobijarse de los abrasadores rayos del sol bajo la intensa sombra de sus ramas. Mientras descansaban, uno de los dos levantó la cabeza hacia el árbol y le dijo a su compañero:

—¡Qué inútil es un sicomoro! No da frutos y no le sirve de nada al hombre.

El sicomoro lo interrumpió, indignado:

—¡Vaya criatura desagradecida! —exclamó—. Vienes a resguardarte bajo mis ramas del sol sofocante y, después, mientras disfrutas de la fresca sombra de mi follaje, me insultas y me llamas inútil.

Muchos trabajos se pagan con ingratitud.

252

El hombre bueno y el falso, y las monas

Dos hombres, el uno bueno y el otro falso, iban caminando juntos, y pasando de una nación a otra llegaron al país de las monas. Sabiendo su llegada el rey mono, mandólos detener y traer a su presencia, y habiéndose presentado ellos, les preguntó qué era lo que decían de él en otras partes y qué les parecía él. El hombre falso comenzó a hablar primero, dijo que le parecía que era un rey sabio y muy poderoso, y que todas las gentes decían lo mismo. Preguntole después el mono qué le parecía de los que estaban a su alrededor, y el falso respondió que eran sus caballeros, capitanes y ministros. Entonces, mandó que fuese aquel hombre premiado por esta alabanza. Habiendo visto esto el hombre bueno dijo para sí: Si éste que en todo miente es querido y premiado, cuánto más lo seré yo, que diré la verdad en todo. Estando él en este pensamiento, le preguntó al rey: Dime tú ahora, ¿quién soy yo, y éstos que están conmigo? Tú y todos los que estáis aquí, dijo el hombre bueno, sois monas. Oyendo esto el rey mandó al instante quitar la vida al hombre bueno.

Así marcha el mundo de ordinario. El que ama la lisonja no aprecia la verdad.

253

El calvo y la mosca

El calvo y la mosca

Una mosca se posó en la cabeza de un hombre calvo y le mordió. Movido por sus ganas de matarla, el hombre se dio un fuerte golpe con la mano, pero la mosca escapó y le dijo con desprecio:

—Has intentado matarme sólo por un pequeño muerdo. ¿Qué te vas a hacer por esa fuerte bofetada que tú mismo te acabas de dar?

—Ah, por ese golpe no me guardo rencor —contestó el hombre— porque nunca pretendí hacerme daño alguno. Sin embargo, hacia ti, insecto despreciable, que vive la vida chupando sangre humana, he acumulado tanto odio que me resultaría muy satisfactorio arrebatarte la vida.

254

La encina y la caña

Una encina se burlaba de una caña y le decía en tono de menosprecio: Qué débil eres, ¿por qué no estás firme como yo? ¿Por qué bajas la cabeza al más leve viento? Mira cómo yo levanto la mía hasta las nubes y a nadie la rindo, antes bien resisto aun a las más fuertes tempestades. Poco después vino un furioso huracán, el cual no hizo más que doblar la caña, pero derribó a la soberbia encina no obstante su fortaleza.

Así sucede frecuentemente: los soberbios son destruidos, no obstante su resistencia, y los humildes muchas veces escapan del peligro.

255

El lobo y el asno

Encontrando un lobo a un asno, le dijo: Tengo hambre, así que prepárate porque voy a comerte. Haz señor, respondió el asno, lo que te agrade; a ti pertenece mandar, a mí obedecer, y si me comes, me librarás de los muchos trabajos y fatigas que padezco, por lo que no creas deseo la vida, antes bien apetezco la muerte. Pero antes que me mates te suplico una sola cosa, y es que no me comas en el camino, porque sería esto en desdoro mío, y los vecinos y mi amo dirían: ¿Cómo el asno se dejó comer así tan sin vergüenza? Por esto oye mi consejo, vamos a la montaña, átame con esta cuerda como tu esclavo, yo me la ataré en el cuello y así iré contigo al monte, y allí me matarás a tu gusto. El lobo, que no conoció el engaño, dijo: Hagámoslo como dices. Hecho esto, caminaron bajo la dirección del asno, que en vez de ir a la montaña se dirigía a la casa de su amo. Viendo el lobo que se acercaban al pueblo, dijo:

Mira que no vamos por camino derecho: y conociendo el engaño, quería volver atrás, mas el asno tiraba siempre adelante. Durante esta pendencia, salió el amo de su casa, y advirtiendo aquello llamó a sus criados, y fueron todos a embestir al lobo, y le hirieron a palos; pero uno de ellos queriendo darle un golpe en la cabeza con un hacha, erró el golpe y rompió la cuerda, de modo que soltándose el lobo huyó a la montaña, muy contento de haber salido de semejante peligro.

Muchas veces pone en peligro al poderoso el mismo desprecio que hace del débil.

256

La raposa y el gato

Hablando una vez cierta raposa con un gato se alabó de saber diferentes artes para buscarse la vida, a lo que contestó el gato que él no era tan sabio, pues no sabía más que una, en la cual confiaba para salir de cualquier peligro. Mientras decía esto, se escucharon ladridos y ruido de perros que venían corriendo hacia aquel sitio; entonces el gato saltó a un árbol elevado, pero la raposa, no pudiendo hacer lo mismo, cayó en poder de los perros.

Enseña esta fábula que conviene mejor saber una sola cosa que sea útil, que muchas cosas que no sirvan en caso de necesidad.

257

El lobo y el niño

Un lobo que estaba disfrutando de una buena comida y se sentía juguetón percibió a un niño tumbado en el suelo y se dio cuenta de que intentaba esconderse porque le tenía miedo. De este modo, se acercó a él y le dijo:

—Mira, ¡te he encontrado! Sin embargo, si puedes decirme tres cosas cuya verdad no se pueda rebatir, te perdonaré la vida.

El chico reunió valor y lo pensó durante un momento. Después, dijo:

—En primer lugar, es una pena que me hayas visto. En segundo lugar, fui tonto al dejar que me vieras. En tercer lugar, todos odiamos a los lobos porque siempre atacan a nuestro ganado sin que los provoquemos.

El lobo replicó:

—Bueno, lo que dices es cierto desde mi punto de vista, así que puedes irte.

258

El arquero y el león

Un arquero subió una colina para practicar con el arco, por lo que todos los animales huyeron al verlo, excepto el león, quien se quedó atrás y lo retó a luchar. Sin embargo, él lanzó una flecha que alcanzó al león antes de decir:

—Ahí tienes lo que puede hacer mi mensajera. Espera un momento y te derribaré yo mismo.

No obstante, el león, al sentir la punzada de la flecha, huyó tan rápido como se lo permitieron sus patas. Una zorra que había visto todo lo ocurrido le dijo al león:

—Venga, no seas cobarde. ¿Por qué no te quedas y nos muestras cómo se lucha?

Ante eso, el león contestó:

—No harás que me quede, tú no. Si esa era la mensajera, debe ser horrible enfrentarse a él.

Aléjate de aquellos que pueden hacer daño a distancia.

259

El burro y la mula

Un día, un hombre que tenía un burro y una mula los cargó a ambos y partió de viaje. Mientras el sendero fue llano, el burro pudo soportarlo bien, pero con el paso del tiempo llegaron a un lugar entre colinas donde el camino se volvió irregular y escarpado, lo que hizo que el burro estuviera a punto de soltar su último suspiro. Así, suplicó a la mula que aliviara parte de su carga, pero su compañera se negó.

Al final, de puro cansancio, el burro tropezó, cayó por un lugar escarpado y murió. El dueño estaba desesperado, pero hizo lo que pudo. Añadió la carga del burro a la mula, desolló al burro y puso su piel sobre la doble carga. La mula apenas podía soportar el peso adicional y, mientras se tambaleaba, sufriendo, se dijo:

—Tengo lo que me merezco. Si hubiera ayudado al burro al principio, ahora no me vería obligada a llevar su carga y su piel.

260

El buey y la becerra

Una becerra se acercó a un buey que trabajaba pesarosamente en el arado y se compadeció de él de una manera bastante condescendiente por su necesidad de trabajar duro. Poco después, hubo un festival en el pueblo y todos se tomaron vacaciones. Sin embargo, mientras al buey lo soltaron para que pastara, a la becerra la atraparon y sacrificaron.

—Ah —dijo el buey con una triste sonrisa—, ahora entiendo por qué se te permitía vagar. Siempre estuviste destinada al altar.

261

El pajarero y las aves

Un hermoso día de verano estaban muchas aves muy alegres, picando y saltando a la sombra de un árbol, cuando vieron a un pajarero, que aderezaba las redes y reclamos para cazar. Las aves sencillas e ignorantes se decían unas a otras: Ved qué bueno es este hombre, pues nos compone nuestra morada. Pero una de ellas muy experimentada, que había ya escapado una vez del lazo de los cazadores, dijo a las otras: Guardaos, aves simples e ignorantes, huid y libraos del engaño de este hombre, y si queréis conocer la verdad de lo que os digo, mirad a sus hechos y veréis que la que pillare de vosotras la matará para comérsela.

Por el consejo de uno se pueden librar muchos. El buen consejo nunca se debe despreciar.

262

El carnicero y los carneros

Estando los carneros juntos en manada, vieron que entraba el carnicero; no hicieron caso y lo disimularon. Tomó el carnicero uno de ellos y lo mató, pero ni por esto se dieron por entendidos, y solamente decían entre sí, a éste tocó, y a mí no, dejemos que se lleve a quien quisiere. El carnicero fue así tomando unos tras otros y matándolos, y finalmente llegó al último, el cual le dijo: Justamente somos degollados por ti uno a uno, porque al principio no cuidamos de defendernos y conservar nuestras vidas.

El que no cuida defenderse con tiempo, y ayudar a su compañero, le caerá la misma suerte; pues con tiempo debe remediarse el peligro que se espera.

263

Hermano y hermana

Un hombre tuvo dos hijos, un niño y una niña. El primero era tan guapo como insulsa era la segunda. Un día, mientras jugaban en la habitación de su madre, se toparon con un espejo y vieron sus facciones por primera vez. El niño vio que era muy guapo y comenzó a presumir de su hermosura. Por su parte, la hermana estuvo a punto de llorar de lá aflicción al ver su sencillez y considerar sus comentarios un insulto hacia ella. Tras correr hacia su padre, le habló de la vanidad de su hermano y lo acusó de hurgar entre las cosas de su madre. El hombre se echó a reír y besó a ambos.

—Hijos míos —dijo—, de ahora en adelante aprenderéis a usar el espejo como corresponde. Tú, mi pequeño, esfuérzate por ser tan bueno como guapo te muestra que eres y tú, querida, intenta compensar la sencillez de tus facciones con la dulzura de tu carácter.

264

El mono y el camello

En una reunión de todas las bestias, el mono ofreció un espectáculo de baile y entretuvo a sus compañeros. Se produjo un gran aplauso al final, que suscitó la envidia del camello e hizo que deseara ganarse el favor de los presentes de la misma manera. De este modo, se levantó de su sitio y comenzó a bailar, pero tenía un aspecto tan ridículo mientras se movía de un lado para otro e hizo una exhibición tan grotesca con su desgarbado cuerpo que las bestias se abalanzaron sobre él y lo alejaron del lugar.

El mono y el camello

265

La espada y el caminante

Caminando un hombre halló una espada en el camino, y le preguntó quién la había perdido, la espada respondió:
—En verdad que a mí sólo me perdió uno, mas yo he perdido a infinitos.

El malo a muchos daña, pero al fin perece.

266

La culebra y el labrador

Un labrador que iba a sembrar pisó en el camino una culebra, la cual le dijo: Mal hombre, ¿por qué me has pisado no habiéndote yo hecho daño? El labrador se hizo el desentendido y continuó su camino. El año siguiente, yendo el labrador por la misma senda, hablóle la culebra otra vez, y le dijo: ¿Dónde vas, amigo? Él le respondió que a sembrar el campo. No siembres en tierra de regadío, le dijo la culebra, porque este será año de muchas aguas y ahogará la semilla, pero tú no creas a quien hiciste mal. El labrador se fue pensando que le engañaba y sembró en tierra de regadío. En efecto hubo aquel año muchas lluvias y se perdieron los trigos, y no cogió aquel hombre cosa alguna. Al año siguiente, pasando el labrador por el mismo camino para sembrar el campo, preguntóle la culebra dónde iba, y respondiendo él que a sembrar, le dijo la culebra que no sembrase en lugar seco, porque aquel año habría grande sequedad y se perdería cuanto se sembrase en lugares áridos, y le dijo al fin: Pero tú no creas a quien hiciste mal. El labrador, pensando que quería engañarle, no hizo caso de lo que decía y sembró en tierra de secano, y sucedió como le dijo la culebra, de manera que se secó todo el campo y todos los trigos se perdieron. El tercer año, pasando el labrador por donde estaba la culebra, le volvió a preguntar ésta dónde iba, y respondiéndole él que a sembrar, le dijo la culebra: Si quieres coger pan este año, siembra en tierras comunes, que no sean ni muy húmedas, ni muy secas, sino templadas; pero vuélvote a decir que no des crédito a quien hiciste mal. El labrador hizo aquel año lo que la culebra le aconsejó y cogió mucho trigo. Volviendo el hombre cierto día de sus campos, le dijo la culebra: Amigo, ¿has visto cómo te ha sucedido todo como yo te pronostiqué? Es verdad, respondió él, y por tanto te estoy muy agradecido. La culebra le pidió entonces que le hiciese una gracia, y el labrador le dijo que pidiera lo que quisiese. No te pido otra cosa, respondió la culebra, sino que mañana me envíes a tu hijo único con una olla de leche, y mostróle un agujero en donde la había de poner, añadiendo: Cuidado con lo que te he dicho muchas veces, que no des crédito a quien mal hiciste. Con esto se fue el buen hombre para su casa, y al día siguiente envió a su hijo con la leche a la montaña, según se lo había prometido a la culebra; y llegando éste al lugar que el padre le había mostrado, puso la leche en el agujero; mas saliendo de pronto la culebra saltó sobre él y le mató. El labrador, contristado por la muerte de su hijo, se fue en busca de la culebra y le habló así: Maldita culebra, me engañaste, diciéndome que te enviase a mi hijo y le has muerto traidoramente. La culebra, poniéndose en seguridad, le respondió: No dices bien, yo no te he engañado; tú me pisaste y me heriste: ¿no te he dicho muchas veces que no creyeses a quien habías hecho mal?

Nunca será fiel amigo el que ha sido enemigo. A quien ofendiste alguna vez procura pedirle perdón y hacerle todo el bien que puedas, pero guárdate siempre de él.

267

La mujer y la gallina

Cierta mujer tenía una gallina que le ponía un huevo diario. La mujer, creyendo que si la alimentaba mejor pondría dos huevos en lugar de uno, le echaba de comer abundantemente, pero la gallina así que engordó mucho no puso ni aun el huevo diario que ponía antes.

Esta fábula enseña que la demasiada abundancia de las cosas retarda en los hombres el adelanto del ingenio.

268

El molinero, el hijo y el asno

El molinero, el hijo y el asno

Un molinero, acompañado por su joven hijo, conducía a su asno al mercado con la esperanza de encontrarle comprador. En el camino, se toparon con un grupo de muchachas que no dejaban de hablar y reír.

—¿Habéis visto a ese par de necios que caminan por el polvoriento sendero cuando podrían montarse en el burro? —dijeron.

El molinero pensó que lo que decían tenía sentido, por lo que hizo que su hijo se subiera al asno mientras él caminaba al lado.

Entonces, se encontraron con unos viejos amigos, quienes lo saludaron y comentaron:

—Vas a malcriar a ese hijo tuyo si le permites ir sobre el burro mientras tú lo acompañas a pie. Haz que ande ese perezoso y joven saco de huesos. Le vendrá bien.

El molinero siguió el consejo y ocupó el lugar de su hijo en el lomo del asno mientras el muchacho caminaba a su lado. No había pasado mucho tiempo cuando se encontraron con un grupo de mujeres y niños. El molinero oyó que decían:

—¡Qué hombre tan egoísta! Él va subido al burro cómodamente mientras su pobre pequeño lo sigue tan rápido como se lo permiten sus piernas.

De este modo, tiró de su hijo para colocarlo tras él. Poco después, por el camino se encontraron con unos viandantes que le preguntaron al molinero si el asno en el que montaban era suyo o una bestia arrendada para la ocasión. Él contestó que era suyo y que lo llevaba al mercado a vender.

—¡Por el amor del cielo! —exclamaron—. Con una carga así, esa pobre bestia estará agotada cuando llegue y nadie la mirará. Sería mejor que vosotros la transportarais a ella.

—Lo que sea por agradaros —contestó el anciano—. Podemos intentarlo.

Por eso, se bajaron, ataron las patas del asno con una cuerda y lo colgaron de un palo cabeza abajo. Por fin, llegaron a la ciudad, transportando al burro entre ellos. La imagen era tan ridícula que los aldeanos se reunieron para reírse del animal y burlarse sin piedad del padre y el hijo. Algunos incluso los llamaron lunáticos. Entonces, se dirigieron a un puente sobre un río, donde el asno, asustado por el ruido y su inusual situación, se revolvió y resistió hasta que se rompieron las cuerdas que lo ataban, cayó al agua y se ahogó.

Así, el desafortunado molinero, enfadado y avergonzado, volvió a casa convencido de que, al intentar agradar a todos, no había contentado a ninguno y, entretanto, había perdido al burro.

El molinero, el hijo y el asno

269

Los lobos y los perros

Hace mucho tiempo, los lobos le dijeron a los perros:

—¿Por qué seguimos siendo enemigos? Nos parecemos mucho. Sólo nos diferenciamos en el adiestramiento. Nosotros vivimos en libertad, pero vosotros sois esclavos de la humanidad, que os pega, os coloca pesados collares en torno al cuello y os obliga a vigilar los rebaños y las manadas. Lo peor es que no os da nada de comer, excepto huesos. No sigáis soportándolo, ofrecednos los rebaños y todos viviremos en abundancia y nos daremos un banquete juntos.

Los perros se dejaron persuadir por estas palabras y acompañaron a los lobos hasta su guarida. Sin embargo, en cuanto entraron, los lobos se abalanzaron sobre ellos y los hicieron pedazos.

Los traidores merecen su destino.

270

El ciervo y la viña

Un ciervo, perseguido por cazadores, se escondió al amparo de una frondosa viña. Perdieron su pista y pasaron cerca de su escondrijo sin darse cuenta de que estaba allí. Al suponer que había pasado el peligro, comenzó a buscar comida entre las hojas de la viña. El movimiento atrajo la atención de los cazadores y uno de ellos, al pensar que había algún animal oculto allí, lanzó una flecha al azar entre el follaje. Al desgraciado ciervo se le clavó en el corazón y, mientras expiraba, dijo:

—Merezco mi destino por mi traición al alimentarme de las hojas de mi protector.

La ingratitud a veces trae consigo su propio castigo.

271

El león y la liebre

Un león encontró a una liebre dormida y estaba a punto de devorarla cuando vio a un ciervo que pasaba por allí. Enseguida se apresuró hacia la presa más grande tras abandonar a la liebre. No obstante, después de una larga persecución, se percató de que no era capaz de alcanzar al ciervo, por lo que renunció a su intento y volvió a por la liebre. Sin embargo, cuando llegó al lugar, descubrió que no estaba por ninguna parte y que se iba a quedar sin cena.

—Me lo merezco —se dijo—. Debería haberme contentado con lo que tenía, en lugar de anhelar un premio mejor.

272

El pájaro enjaulado y el murciélago

Un pájaro estaba encerrado en una jaula colgada en el exterior de una ventana. Cantaba por las noches, cuando las demás aves estaban dormidas. En una ocasión, un murciélago apareció, se acercó a los barrotes de la jaula y le preguntó por qué estaba siempre en silencio por el día y sólo cantaba por la noche.

—Tengo una muy buena razón para hacerlo —contestó el pájaro—. Durante el día, un cazador de aves se sintió atraído por mi voz, colocó unas redes y me atrapó. Desde entonces, no he vuelto a cantar de día, sólo de noche.

—No sirve de nada que lo hagas ahora que eres prisionera —contestó el murciélago—. Si lo hubieras hecho antes de que te atraparan, quizás seguirías siendo libre.

La precaución no sirve de nada tras el acontecimiento.

273

El toro y el ternero

Un enorme toro se esforzaba por introducir su formidable figura a través de la pequeña entrada de una cuadra donde se encontraba su establo cuando un joven ternero se acercó y le dijo:

—Si te apartas un momento hacia un lado, te mostraré la manera de entrar.

El toro se giró hacia él con expresión divertida.

—Conozco el camino —dijo— desde antes de que tú nacieras.

274

El asno doctor

Estando un día en congreso los animales, el león tomó la palabra y les habló así: Hace mucho tiempo, amados compañeros, que somos despreciados por los hombres, a causa según creo de que ellos no nos entienden, ni nosotros a ellos: nuestro lenguaje lo han de tener por algarabía, sin duda. El asno entonces, lleno de presunción, tomó la palabra sin pedir licencia, y habló de este modo: Si el hombre no nos entiende, es porque nosotros no formamos palabras, y él las forma: sus palabras tienen consonantes y vocales; las vuestras sólo se componen de consonantes, mas las mías son vocales; juntas éstas con las vuestras, y ya podremos hablar, y escribir hasta las leyes de Licurgo. No tardes en enseñarnos, le dijeron sus compañeros; y el asno, que esperaba esta resolución, alzó el hocico, enristró sus orejas y formando un ronco murmullo en sus anchurosas fauces, le pasó a sus anchas narices y despidió cinco rebuznos, y en cada uno pretendía pronunciar una de las cinco vocales, A, E, I, O, U. Pero el caso fue que, al oír el primer rebuzno, fue tal la gritería del concurso, que al concluir el asno sus temibles vocales, faltó poco para que todos diesen con el asno en tierra. Vaya fuera el doctor, decían unos; palos en el burro, clamaban otros, y todos se reían de una lección tan extravagante.

El ignorante que presume de sabio sólo saca burla y desprecio.

275

El deudor ateniense

Un hombre de Atenas se había endeudado, por lo que su acreedor lo presionaba para que le devolviera el dinero. Sin embargo, en ese momento, no tenía manera de pagar, así que le suplicó que le diera más tiempo. No obstante, el acreedor se negó y dijo que debía pagar enseguida. Entonces, el deudor se llevó al mercado una cerda, la única que tenía, para venderla. Su acreedor estaba allí también y, cuando un comprador se acercó y le preguntó si la cerda daba buenas camadas, el deudor dijo:

—Sí, muy buenas. Lo más sorprendente es que da a luz a hembras en los Misterios y a machos en las Panateneas.

Hacía referencia a festivales en los que los atenienses sacrificaban a una cerda en los primeros y a un cerdo en las segundas. En las

Dionisias, se sacrificaban cabritos. De ahí que el acreedor, que se encontraba de pie cerca, interviniera y dijera:

—No se sorprenda, señor, porque es aún mejor: en las Dionisias, esta cerda pare cabritos.

276

El caballero calvo

Un hombre que había perdido todo su pelo llevaba puesto un peluquín. Un día, salió a cazar. Hacía bastante viento en ese momento y no había avanzado mucho cuando una ráfaga de aire le golpeó el sombrero y se lo llevó, acompañado de su peluca, lo que divirtió al grupo de caza. El caballero intervino en la broma y dijo:

—Bueno, el pelo del que está hecho ese peluquín no se pegó a la cabeza en la que creció, así que no me extraña que no se pegara a la mía.

277

El burro y su amo

Un hombre estaba guiando a su burro por un camino de montaña. El animal, tras trotar por él un tiempo, de repente se desvió de la ruta y corrió hacia el borde de un precipicio. Estaba a punto de caer cuando su amo lo sujetó de la cola e hizo todo lo posible por alejarlo de allí. Sin embargo, por más que tiraba, el burro no se movía del borde. Al final, el amo se rindió y gritó:

—Muy bien, llega al final a tu manera, pero ese es el camino a una muerte repentina como pronto averiguarás.

278.

Los dos perros

Un hombre tenía dos perros; había enseñado a uno de ellos a cazar y al otro le tenía encomendada la guardia de la casa. Cuando el que cazaba traía algo, lo comían juntamente uno y otro, lo cual llevándolo a mal el cazador, reconvino al otro de que no haciendo nada viniese luego a participar de lo que él cazaba después de trabajar todo el día. No es a mí, le respondió éste, sino al amo, a quien debes reprender, pues no me ha enseñado a cazar, sino a comer de lo que cazan otros.

No debe reprenderse a los hijos mal educados que nada saben, sino a sus padres, porque no han procurado enseñarles.

279

El ladrón y el posadero

Un ladrón arrendó una habitación en una posada y permaneció allí un tiempo en busca de algo que robar. Sin embargo, no se presentó la oportunidad hasta que un día, cuando se iba a celebrar un festival, el posadero apareció con un nuevo abrigo y se sentó en la puerta de la posada para que le diera el aire.

En cuanto el ladrón fijó los ojos en el abrigo, deseó poseerlo. No tenía nada que hacer, así que tomó asiento junto al posadero y comenzó a hablar con él. Conversaron durante bastante tiempo hasta que, de repente, el ladrón bostezó y aulló como un lobo. El posadero le preguntó preocupado qué le afligía. El ladrón contestó:

—Le hablaré de mí, señor, pero primero le ruego que se haga cargo de mi ropa porque pretendo dejársela a usted. No sé por qué me dan estos ataques de bostezos. Quizás sea el castigo por mis fechorías, pero, por alguna razón, la realidad es que, cuando bostezo tres veces, me convierto en un lobo famélico y me lanzo hacia las gargantas de los hombres.

Al terminar de hablar, bostezó una segunda vez y aulló de nuevo. El posadero, al creer todas y cada una de sus palabras y aterrado por la idea de enfrentarse a un lobo, se levantó a toda prisa y partió hacia el exterior. No obstante, el ladrón lo atrapó por el abrigo y trató de detenerlo.

—Quédese, señor, quédese y ocúpese de mi ropa porque, si no, no volveré a verla.

Mientras hablaba, abrió la boca y comenzó a bostezar por tercera vez. El posadero, loco por el miedo a que el lobo se lo comiera, se deshizo del abrigo, que quedó en manos del otro, entró en la posada a toda prisa y cerró la puerta a sus espaldas. De este modo, el ladrón partió después con su botín.

280

El astrónomo

Había una vez un astrónomo cuya costumbre era salir por la noche y observar las estrellas. En una ocasión, mientras caminaba por el exterior de la muralla de la ciudad, contemplando absorto el cielo sin mirar por dónde iba, cayó en un pozo seco. Mientras permanecía allí, gruñendo, alguien que pasaba lo oyó y se acercó al borde del pozo. Entonces, descubrió lo que había ocurrido.

—Si es cierto lo que dices, que mirabas con tanta atención el cielo que no viste siquiera adónde se dirigían tus pies por el suelo, me parece que te mereces lo que te ha sucedido.

281

El asno y su comprador

Un hombre que quería comprar un asno fue al mercado y, al acercarse a un animal de buen aspecto, acordó con el propietario que podría llevárselo a casa para probar cómo era. Cuando llegaron, lo colocó en la cuadra con los demás burros. El recién llegado miró a su alrededor y, de inmediato, eligió un puesto junto a la criatura más vaga y codiciosa del establo. Cuando el hombre lo vio, le colocó los estribos enseguida y lo guió de vuelta a su dueño. Este se sorprendió al verlo regresar tan pronto y dijo:

—¿De verdad lo has probado ya?

—No quiero hacerle más pruebas —contestó el otro—. Veo qué clase de bestia es por la compañía que ha elegido.

Un hombre es conocido por las compañías que frecuenta.

El lobo y el chivo

282

El lobo y el chivo

Un lobo vio a un chivo que buscaba comida entre la escasa hierba que crecía sobre una roca escarpada. Al ser incapaz de llegar hasta él, intentó atraerlo para que bajara.

—Señor, ahí arriba está arriesgando su vida, por supuesto que sí —gritó—. Por favor, siga mi consejo y baje hasta aquí, donde hay mucha mejor comida.

El chivo le dedicó una mirada condescendiente y contestó:

—Poco te importa si consigo buena o mala hierba. Lo que quieres es comerme.

Es ridículo echar bravatas siendo débil, y es muy peligroso si se usan con un enemigo poderoso.

283

El padre y las dos hijas

Un hombre tenía dos hijas, la mano de una de las cuales había entregado a un jardinero y la de la otra, a un alfarero. Tras un tiempo, pensó en ir a ver qué tal se encontraban. Primero visitó a la mujer del jardinero. Al preguntarle cómo estaba y qué tal iban las cosas con su marido, ella le contestó que en general todo bien.

—Pero —continuó— desearía que lloviera mucho porque el jardín lo necesita.

Después, visitó a la mujer del alfarero y le hizo las mismas preguntas. Contestó que su marido y ella no tenían nada de lo que quejarse.

—Pero —continuó— desearía que hiciera un tiempo menos húmedo para que se seque la arcilla.

Su padre la observó con expresión divertida.

—Quieres un tiempo seco —dijo— y tu hermana, lluvia. Iba a pedir en mis plegarias que vuestros deseos se cumplieran, pero ahora creo que es mejor no hacer referencia al tema.

284

El labrador y la serpiente

Al hijo pequeño de un labrador le mordió una serpiente y murió por la picadura. El padre estaba fuera de sí por la pena y, movido por su rabia contra la serpiente, cogió un hacha y permaneció cerca de su guarida, buscando una oportunidad para matarla.

Enseguida salió la serpiente y el hombre trató de darle un golpe, pero sólo consiguió cortarle el extremo de la cola antes de que entrara de nuevo. Entonces, el labrador intentó que volviera a salir, fingiendo que deseaba hacer las paces. Sin embargo, la serpiente dijo:

—Nunca podría ser tu amiga porque por ti he perdido la cola ni tú el mío porque por mí ha muerto tu hijo.

Las heridas nunca se olvidan en presencia de quienes las causaron.

285

El asno y las ranas

Pasando por una laguna un asno cargado de leña, se cayó, y no pudiendo levantarse se lamentaba amargamente. Las ranas que había en la laguna al oír sus lamentos le dijeron:

—Hola, amigo, si tanto te quejas no haciendo nada que caíste, ¿qué harías si estuvieses en la laguna tanto tiempo como nosotras?

Esto puede aplicarse a los hombres pusilánimes, a quienes los más pequeños trabajos acongojan.

286

El asno y sus amos

Un jardinero tenía un asno al que se lo hacía pasar mal porque apenas le daba comida y debía soportar pesadas cargas y golpes constantes. Así, el burro le suplicó a Zeus que lo liberara del jardinero y le buscara otro amo. Zeus envió a Hermes para que convenciera al jardinero de que vendiera el asno a un alfarero, cosa que hizo.

Sin embargo, el asno seguía tan descontento como siempre porque debía trabajar incluso más duro que antes. Por eso, le suplicó a Zeus por segunda vez y el dios convenció amablemente al alfarero de que lo vendiera a un curtidor. Sin embargo, cuando el burro vio cuál era el negocio de su nuevo amo, exclamó con desesperación:

—¿Por qué no me contenté con servir a cualquiera de mis anteriores amos, por muy duro que tuviera que trabajar y muy mal que me trataran? Ellos me habrían dado una sepultura digna, pero ahora acabaré en un tanque de curado de pieles.

Los criados no conocen a un buen señor hasta que han servido a uno peor.

287

El asno doméstico, el asno salvaje y el león

Un asno salvaje vio a uno doméstico trotando mientras transportaba una pesada carga y se burló de él por su condición de esclavo con estas palabras:

—¡Vaya destino cruel el tuyo comparado con el mío! Soy libre como el aire y no he hecho nunca el mínimo esfuerzo. En cuanto a la comida, sólo tengo que acercarme a las colinas y encontraré más que suficiente para saciar mis necesidades. Sin embargo, tú dependes de tu amo para que te dé comida y te hace transportar esas pesadas cargas cada día, además de maltratarte sin piedad.

En ese momento, un león apareció en la escena y no intentó acosar al doméstico gracias a la presencia de su amo. No obstante, cayó sobre el salvaje, que no tenía a nadie que lo protegiera y, sin más preámbulos, lo convirtió en su comida.

No sirve de nada ser tu propio dueño a menos que puedas protegerte tú mismo.

Esopo

288

El cabrito y el lobo

Un cabrito se alejó del rebaño y un lobo lo persiguió. Cuando el pequeño vio que iba a atraparlo, se giró y le dijo al lobo:

—Sé, señor, que no puedo evitar que me coma. Dado que mi vida está destinada a ser corta, le ruego que me permita ser lo más feliz posible. ¿Por qué no toca una melodía que pueda bailar antes de morir?

El cabrito y el lobo

El lobo no vio problema en tocar algo de música antes de cenar. De este modo, cogió su flauta y comenzó a tocar mientras el cabrito bailaba. Pocos minutos después, los dioses que vigilaban el rebaño oyeron el sonido y se acercaron a ver qué ocurría. Tan pronto como fijaron los ojos en el lobo, lo persiguieron y ahuyentaron. Mientras corría, se giró y le dijo al cabrito:

—Me lo merezco. Mi oficio es el de carnicero y no debí convertirme en flautista para agradarte.

289

Los árboles y el hacha

Un leñador entró en el bosque y les suplicó a los árboles que le procuraran un mango para su hacha. Enseguida, los árboles más importantes aceptaron su modesta petición y, sin dudarlo, le ofrecieron un pequeño fresno con el que podría diseñar el mango que deseara. Tan pronto como fabricó el hacha, se dispuso a talar los árboles más nobles del bosque. Cuando vieron el uso que le daba a su regalo, gritaron:

—Ay, ay, estamos perdidos, pero es culpa nuestra. Lo poco que dimos nos va a costar todo. Si hubiéramos respetado los derechos del fresno, habríamos permanecido en pie durante siglos.

290

El león y el boyero

Un boyero estaba cuidando de su ganado cuando perdió a un buey joven, uno de los mejores de la manada. Enseguida, fue tras él, pero, al no tener éxito, hizo la promesa de que, si descubría al ladrón, sacrificaría a un cabrito a Zeus. Siguió con su búsqueda y entró en un matorral donde percibió a un león devorando al buey perdido. Aterrado, alzó las manos al cielo y exclamó:

—Gran Zeus, prometí que sacrificaría a un cabrito si descubría al ladrón. Sin embargo, ahora prometo sacrificar a un buey adulto si consigo escapar ileso de sus garras.

291

La cigarra y la zorra

Una cigarra estaba cantando, sentada en la rama de un árbol. Una zorra la oyó y, al pensar que sería un bocado delicioso, intentó engañarla para que bajara. Se colocó de manera que la viera completamente y alabó su canción con las palabras más halagadoras antes de suplicarle que bajara porque deseaba conocer a la propietaria de una voz tan maravillosa. Sin embargo, la cigarra no cayó en la trampa y respondió:

—Está usted muy confundida, señora, si cree que voy a bajar. Desde el día en que vi varias alas de cigarra tiradas en la entrada de la guarida de un zorro, me mantengo lejos del alcance de usted y los de su especie.

292

El ateniense y el tebano

Un ateniense y un tebano caminaban juntos por un sendero y pasaban el tiempo conversando, como suelen hacer los viandantes. Tras hablar sobre una gran variedad de temas, llegaron al asunto de los héroes, que suele ser más fértil que edificante. Los dos se deshacían en alabanzas hacia los héroes de sus ciudades respectivas hasta que, al final, el tebano aseguró que Heracles era el héroe más grande que había pisado la tierra, por lo que ahora ocupaba un papel muy importante entre los dioses. El ateniense insistía en que Teseo era mucho mejor porque siempre había contado con una gran fortuna mientras que Heracles, en una ocasión, se había visto obligado a hacerse sirviente. Impuso su opinión porque era un tipo muy elocuente, igual que todos los atenienses. Así, el tebano, que no podía ganarle con palabras, exclamó al final, molesto:

—Muy bien, como tú digas. Sólo espero que, cuando nuestros héroes se enfaden con nosotros, los atenienses sufran la ira de Heracles y Tebas, la de Teseo.

293

El buen rey león

Cuando el león reinaba sobre las bestias de la Tierra, nunca fue cruel ni tiránico, sino bueno y justo como debería ser cualquier rey. Durante su reinado, mandó crear una asamblea general de bestias y redactó una serie de leyes bajo las que todos vivirían en perfecta igualdad y armonía, tanto el lobo como el cordero, tanto el tigre como el ciervo, tanto el leopardo como el cabrito, tanto el perro como la liebre. Todos vivirían uno al lado del otro en paz y amistad constantes. La liebre exclamó:

—Ah, ¡cuánto he deseado que llegara este día, donde los débiles pudieran ocupar sin miedo su sitio al lado de los fuertes!

El buen rey león

Esopo

294

El burro que cargaba una imagen

Un hombre le colocó una imagen a su burro en el lomo para que la llevara a uno de los templos de la ciudad. Todas las personas con las que se encontraron por el camino se descubrieron e inclinaron la cabeza en señal de respeto ante la imagen, pero el burro pensó que la reverencia la hacían por él y comenzó a darse aires de grandeza. Al final, se volvió tan engreído que creyó que podía hacer lo que quisiera y, a modo de protesta por la carga que estaba transportando, se detuvo de repente y se negó rotundamente a continuar. Su dueño, al descubrir lo obstinado que se había vuelto, lo golpeó con fuerza y durante mucho tiempo con un palo mientras le decía:

—Tú, zoquete, ¿de verdad crees que los hombres van a rendir culto a un burro?

Una sorpresa desagradable les espera a aquellos que reclaman el mérito que es de otros.

295

El asno y el perro

Un asno y un perro viajaban juntos. Mientras avanzaban, encontraron un paquete sellado en el suelo. El asno lo cogió, le rompió el precinto y descubrió que contenía unas escrituras que procedió a leer en voz alta al perro. En ellas se hablaba sobre la hierba, la cebada y el heno, es decir, sobre toda la comida que les gusta a los asnos. Al perro escuchar aquello lo aburrió mucho hasta que su impaciencia se apoderó de él y gritó:

—Avanza varias páginas, amigo mío, y veamos si hay algo sobre carne y huesos.

El asno hojeó todo el paquete, pero no encontró nada sobre esos temas y así informó al perro, quien dijo, molesto:

—Ah, tíralas entonces. ¿De qué sirve una cosa así?

296

La mula

Una mañana, una mula que tenía mucho que comer y poco que hacer, comenzó a pensar para sí que era una buena criatura y a retozar mientras decía:

—Sin duda, mi padre fue un caballo lleno de vida y soy igualita que él.

Sin embargo, su dueño le puso un arnés y la obligó a realizar un largo camino con una pesada carga tras ella. Al final del día, exhausta por ese esfuerzo poco habitual, se dijo afligida:

—Creo que me había equivocado con mi padre. Debía ser sólo un burro, después de todo.

La mula

297

El león enamorado

Un león se enamoró profundamente de la hija de un labrador y quiso casarse con ella. Sin embargo, su padre no deseaba entregársela a un marido tan temible, aunque tampoco ofender al león. Así, se le ocurrió la siguiente idea. Se acercó al animal y le dijo:

—Creo que serías muy buen esposo para ella, pero no puedo consentir vuestra unión a menos que me dejes quitarte los dientes y cortarte las garras, ya que asustan a mi hija.

El león estaba tan enamorado que aceptó de buen grado. No obstante, tras haberlo desarmado, como el labrador ya no lo temía, lo ahuyentó con el garrote.

298

El campesino y Hércules

Habiéndose atascado en un atolladero el carro de un campesino, levantó éste los ojos al cielo e imploraba a Hércules, pero oyó una voz que le dijo:

—Necio, arrea con el látigo los caballos y empuja las ruedas, y entonces verás cómo llamando a Hércules, te ayuda.

De nada sirven los votos ociosos, que seguramente el cielo no escucha. Ayúdate y Dios te ayudará, dice el proverbio.

299

El zorro y el sabueso

Un sabueso que paseaba por el bosque percibió a un león y, aunque estaba acostumbrado a enfrentarse a bestias menos fieras, lo persiguió, pensando que sería una buena presa. Enseguida el león advirtió que lo estaban siguiendo y se detuvo en seco para enfrentarse a su perseguidor y soltar un fuerte rugido. El sabueso de inmediato dio media vuelta y huyó. Un zorro, al ver que huía, se burló de él y dijo:

—Vaya, vaya, ahí va el cobarde que perseguía a un león y que huyó en cuanto rugió.

300

La hormiga

Las hormigas fueron en el pasado hombres que vivían labrando la tierra. Sin embargo, descontentos con el resultado de su trabajo, no dejaban de pasar los ojos anhelantes por los cultivos y frutos de sus vecinos que robaban cada vez que tenían oportunidad para su propia reserva. Al final, su codicia enfadó tanto a Zeus que los convirtió en hormigas. No obstante, aunque su forma cambiara, su naturaleza permaneció igual. Así, hasta el día de hoy, pasean por los campos de trigo, recogen los frutos de la cosecha de los demás y los guardan para su propio uso.

Puedes castigar al ladrón, pero su inclinación permanecerá.

301

Los gallos y la perdiz

Cierto hombre compró una perdiz y la puso entre unos gallos que tenía, pero éstos la mataban a picotazos. La perdiz estaba muy afligida del mal tratamiento que le daban, creyéndolo motivado por ser ella de diferente género; pero viendo otro día que los gallos reñían entre sí, y se picaban unos a otros, se consoló y dijo:

—De aquí en adelante no me afligiré tanto, pues veo que los gallos hacen lo mismo entre sí.

El hombre prudente debe tolerar con paciencia las injurias, y mucho más las de aquellos que ni a los suyos ni a sí mismos respetan.

Esopo

302

El castor

El castor, animal cuadrúpedo que vive en las lagunas, es muy perseguido para tomar de él cierta parte de su cuerpo que sirve para la medicina. Este animal, según se dice, conociendo el motivo por el que lo persiguen, cuando ve que va a caer en manos de los cazadores, corta con los dientes, sin parar la carrera, aquello que sabe buscan en él y lo arroja el cazador, logrando de esta manera escapar de sus manos.

Demuestra esta fábula que el que es prudente sabe hacer aun los mayores sacrificios cuando lo exige su seguridad.

303

La zorra y el cangrejo

Una vez, un cangrejo abandonó la orilla del mar para asentarse en un prado tierra adentro. Parecía muy verde y agradable, un buen lugar en el que alimentarse. Sin embargo, una zorra hambrienta se acercó y, al ver al cangrejo, lo atrapó. Estaba a punto de comérselo cuando el crustáceo exclamó:

—Es lo que me merezco porque no tenía derecho a abandonar mi hogar natural cerca del mar para asentarme aquí en la tierra, adonde no pertenezco.

Conténtate con tu destino.

304

El asno salvaje y el asno doméstico

Un asno salvaje que vagaba por ahí sin hacer nada se encontró un día con un asno doméstico tumbado al sol, disfrutando. Se acercó a él y le dijo:

—¡Qué bestia tan afortunada eres! Tu pelaje brillante demuestra que vives bien. ¡Cuánto te envidio!

Poco después, el asno salvaje vio de nuevo a su conocido, pero esta vez llevaba una pesada carga y la persona que lo guiaba lo seguía, golpeándolo con un palo grueso.

—Ah, amigo mío —dijo el asno salvaje—. Ya no te envidio. Veo que pagas cara tu comodidad.

Las ventajas con un caro coste son bendiciones dudosas.

305

El perro y la oveja

Érase una vez una oveja que se quejó al pastor por la diferencia de trato que recibían ellas en comparación con el perro.

—Tu conducta es muy extraña y pensamos que injusta —dijo—. Nosotras te damos lana, corderos y leche y no nos recompensas con nada, excepto hierba e incluso eso lo tenemos que buscar nosotras mismas. Sin embargo, el perro no te ofrece nada y lo alimentas con pedazos de tu propia mesa.

El perro, al oír estos comentarios, intervino enseguida:

—Sí, pero ¿dónde estaríais si no fuera por mí? Los ladrones os robarían; los lobos os comerían. Si no mantuviera una vigilancia constante sobre vosotras, os aterraría incluso pastar.

Las ovejas se vieron obligadas a reconocer que era cierto y nunca volvieron a quejarse sobre el trato que recibía el perro por parte del dueño.

306

El jabalí y la zorra

Un jabalí afilaba sus colmillos en el tronco de un árbol, y viéndolo una zorra le preguntó por qué causa, no habiendo necesidad de ello, aguzaba sus dientes. No hago esto sin motivo, respondió el jabalí, pues teniendo mis armas preparadas puedo hacer frente a

Las ranas y el pantano seco

cualquier peligro imprevisto, lo que no podría hacer a no haberlas preparado en tiempo oportuno.

Enseña esta fábula que se debe estar preparado para los peligros que puedan sobrevenir.

307

Las ranas y el pantano seco

Dos ranas vivían juntas en un pantano. Sin embargo, un verano caluroso dicho pantano se secó y tuvieron que buscar otro lugar en el que vivir, ya que a las ranas les gusta estar, si pueden, en lugares húmedos. Al poco tiempo, encontraron un pozo profundo. Una de ellas miró hacia abajo y le dijo a la otra:

—Este parece un lugar fresco y agradable. Saltemos y asentémonos ahí.

Pero la otra, que tenía una cabeza más sabia sobre los hombros, contestó:

—No tan rápido, amiga mía. Suponiendo que el pozo esté seco como el pantano, ¿cómo saldremos de él?

Piensa dos veces antes de actuar.

308

El labrador y las grullas

Un labrador había cultivado un campo de trigo y se mantenía alerta porque un grupo de grajos y estorninos no dejaban de posarse en él y comerse el grano. Con el labrador iba su hijo, que portaba un tirachinas. Cada vez que el padre se lo pedía, los estorninos entendían lo que quería decir y avisaban a los grajos, quienes desaparecían al instante. Por eso, al labrador se le ocurrió una treta:

—Hijo mío —dijo—, debemos librarnos de esos pájaros como sea. A partir de ahora, cuando diga que quiero el tirachinas, no diré: «Tirachinas», sino «Eh» y deberás dármelo rápidamente.

Enseguida apareció toda la bandada.

—¡Eh! —exclamó el labrador, por lo que los estorninos no avisaron a los demás y el hombre tuvo tiempo de golpear con las piedras a varios de ellos, a uno en la cabeza, a otro en las patas y a otro en el ala antes de que se alejaran de su alcance.

Mientras se retiraban, se encontraron con unas grullas, que les preguntaron cuál era el problema.

—¿El problema? —dijo uno de los grajos—. El problema son esos bribones, los hombres. No os acerquéis a ellos. Dicen una cosa y se refieren a otra, lo que ha provocado la muerte de algunos de nuestros pobres amigos.

309

El jardinero y el perro

El perro de un jardinero cayó en un pozo profundo del que su dueño solía extraer agua para las plantas del jardín con una cuerda y un cubo. Al intentar sacarlo en vano con dichos objetos, el jardinero tuvo que bajar al pozo. No obstante, el perro pensó que había bajado para asegurarse de que se ahogaba, por lo que, en cuanto su amo estuvo a su alcance, lo mordió y le hizo daño. Por eso, el hombre dejó el perro a su suerte y salió del pozo mientras decía:

—Me lo merezco por tratar de salvar a un suicida tan decidido.

310

La gaviota, el espino y el murciélago

Un murciélago, un espino y una gaviota se aliaron y decidieron partir juntos en un viaje comercial. El murciélago pidió prestada cierta cantidad de dinero para su aventura; el espino almacenó diversas prendas de varios tipos, y la gaviota se apoderó de un montón de plomo. Así, partieron los tres. Al poco tiempo, se produjo una fuerte tormenta y el barco con toda la carga se hundió. No obstante, los tres viajeros lograron llegar a tierra.

Desde entonces, la gaviota vuela de un lado a otro por el mar y se hunde de vez en cuando bajo su superficie porque busca el plomo perdido. Por otra parte, el murciélago tiene tanto miedo de encontrarse con sus acreedores que se esconde de día y sólo sale de noche para alimentarse. Y el espino se aferra a la ropa de cada persona que pasa cerca con la esperanza de reconocer y recuperar algún día la ropa perdida.

Todos los hombres están más preocupados por recuperar lo que han perdido que por conseguir lo que les falta.

311
Los ríos y el mar

Una vez, todos los ríos protestaron contra el mar porque volvía saladas sus aguas.

—Cuando llegamos a ti —le dijeron—, somos dulces y potables. Sin embargo, cuando nos mezclamos contigo, nuestras aguas se vuelven tan saladas y desagradables como las tuyas.

El mar sólo respondió:

—Alejaos de mí y seguiréis siendo dulces.

312
El apicultor

Un ladrón se abrió paso entre las colmenas mientras el apicultor estaba lejos y robó toda la miel. Cuando regresó el dueño y encontró los panales vacíos, se enfadó mucho y permaneció un tiempo allí de pie, contemplándolos. Poco después, las abejas volvieron de recoger su néctar y, al encontrar los panales volcados y al apicultor allí de pie, lo atacaron con el aguijón. Ante aquello, sufrió un ataque de ira y gritó:

—Canallas desagradecidas, dejasteis que el ladrón que os robó la miel se marchara impune y me atacáis a mí, que siempre he cuidado tan bien de vosotras.

Cuando devuelvas el golpe, asegúrate de darle a la mano correcta.

313

El cabrero y la cabra

Un día, un cabrero estaba reuniendo a su ganado para volver al establo cuando una de las cabras se separó y se negó a unirse al resto. Intentó durante mucho tiempo que regresara, llamándola y silbando, pero la cabra no le hizo caso. Al final, le lanzó una piedra y le rompió uno de los cuernos. Angustiado, le suplicó que no se lo contara a su señor, ante lo que ella contestó:

—Necio, aunque controle mi lengua, mi cuerno lo gritará a los cuatro vientos.

No sirve de nada tratar de ocultar lo que no puede esconderse.

El cabrero y la cabra

314

El rey y las monas

Cierto rey de Egipto tuvo una vez la humorada de hacer que enseñasen a bailar a unas monas, y como éste es el animal que más se asemeja en su figura y movimientos al hombre, llegaron a aprender perfectamente, y las pusieron a bailar vestidas con ricos trajes de púrpura. Así estuvieron bailando bastante tiempo, divirtiendo a los espectadores, cuando un chistoso que había entre ellos les echó unas nueces que llevaba ocultas. Luego que las monas vieron las nueces, olvidando el baile, se volvieron de bailarinas en monas como eran antes, y pegándose unas a otras y rasgándose los vestidos luchaban por pillar las nueces con gran risa de los espectadores.

Muestra esta fábula que los vanos adornos y atavíos de la fortuna no mudan el carácter de las personas.

315

El león, Zeus y el elefante

El león, a pesar de su tamaño y fuerza, garras y dientes afilados, es un cobarde cuando se trata del cacareo de un gallo, ya que no lo soporta y huye cada vez que lo oye. Un día, se quejó con amargura a Zeus por haberlo creado así, pero el dios le dijo que no era culpa suya. Había hecho todo lo posible por él y, teniendo en cuenta que ese era su único defecto, debería sentirse satisfecho. No obstante, el león no encontraba consuelo y lo avergonzaba tanto su cobardía que deseaba morir. En este estado mental, se encontró con un elefante con quien entabló conversación. Se percató de que la enorme bestia no dejaba de alzar las orejas, como si oyera algo. Entonces, le preguntó por qué lo hacía justo cuando un mosquito se acercó zumbando. El elefante contestó:

—¿Ves a ese desgraciado y pequeño insecto? Me da mucho miedo que me entre en el oído porque, cuando lo haga, estaré muerto.

Oír aquello animó al león.

—Si el elefante, tan grande como es —se dijo—, teme al mosquito, yo no tendría que avergonzarme de temer a un gallo, que es diez mil veces más grande que un mosquito.

316

El cerdo y las ovejas

Un cerdo se encontraba en un prado en el que pastaba un rebaño de ovejas. El pastor lo atrapó y procedió a llevárselo al carnicero cuando el animal soltó un fuerte chillido y se esforzó por liberarse. Las ovejas lo reprendieron por montar tanto escándalo y le dijeron:

—El pastor nos atrapa y nos arrastra a menudo igual que a ti, pero no provocamos tanto alboroto.

—No, seguro que no —replicó el cerdo—, pero mi caso y el vuestro es totalmente distinto, ya que de vosotras sólo desea lana y a mí me quiere convertir en panceta.

317

El perro y el lobo

Un perro estaba tumbado al sol ante la puerta del corral cuando un lobo se abalanzó sobre él para comérselo. Sin embargo, el primero suplicó que le perdonara la vida y dijo:

—Mira lo delgado que estoy y la comida tan miserable que podría proporcionarte ahora. Sin embargo, si esperas unos días, mi dueño va a dar un festín. Todos los sabrosos restos y sobras que caigan me los comeré, por lo que me volveré gordo y exquisito.

El lobo pensó que era un buen plan y se marchó. Tiempo después, volvió a la granja y encontró al perro tumbado fuera de su alcance, sobre el techo del establo.

—Baja —le pidió— y deja que te coma. ¿Acaso no recuerdas nuestro pacto?

Pero el perro contestó con frialdad:

—Amigo mío, si alguna vez me encuentras tumbado cerca de la puerta de nuevo, no esperes a que llegue ningún festín.

Gato escaldado del agua fría huye.

318

El cazador y la alondra

Un cazador estaba colocando redes para pequeñas aves cuando se le acercó una alondra y le preguntó qué estaba haciendo.

—Estoy pensando fundar una ciudad —contestó.

Tras eso, se retiró a una corta distancia y se escondió. La alondra examinó las redes con gran curiosidad y enseguida, al ver el cebo, saltó sobre ellas para cogerlo. Así, quedó enredada en la malla. El cazador se aproximó corriendo y la capturó.

—¡Qué ingenua he sido! —exclamó la alondra—. De todas formas, si ese es el tipo de ciudad que piensas fundar, pasará mucho tiempo antes de que encuentres a suficientes necios para llenarla.

319

El águila y el escarabajo

Un águila perseguía a una liebre que corría como si la vida le fuera en ello. Esta se devanaba los sesos buscando adónde dirigirse para pedir auxilio. Entonces, vio a un escarabajo y le suplicó que la ayudara. Cuando el águila se acercó a él, el escarabajo lo avisó de que la liebre estaba bajo su protección, así que no debía tocarla. Sin embargo, el águila no se percató del insecto porque era muy pequeño, atrapó a la liebre y se la comió.

El escarabajo no se olvidó de aquello y mantuvo la atención puesta en el nido del águila. Cada vez que ponía un huevo, subía al nido, lo hacía rodar fuera de él y lo rompía. Al final, el águila se preocupó tanto por la pérdida de sus huevos que se dirigió a Zeus, el protector especial de las águilas, y le suplicó que le diera un lugar seguro en el que anidar. El dios le permitió que pusiera sus huevos en su divino regazo. No obstante, el escarabajo se percató de esto, hizo una bola de barro del tamaño de un huevo de águila y la posó en el regazo de Zeus. Al verla el dios, se puso en pie para deshacerse de ella y, dado que se había olvidado de los huevos, estos volvieron a romperse. Desde entonces, se dice que las águilas no ponen huevos en la temporada en la que salen los escarabajos.

Los débiles a veces encuentran formas de vengar un insulto, incluso contra los más fuertes.

320

La avispa y la serpiente

Una avispa se posó en la cabeza de una serpiente y no sólo le picó varias veces, sino que se aferró a la víctima de manera obstinada. Enloquecida por el dolor, la serpiente probó todos los métodos en los que pudo pensar para deshacerse de la criatura, pero fue en vano. Al final, desesperada, exclamó:

—Te mataré, aunque me cueste la vida.

Posó la cabeza con la avispa sobre ella bajo la rueda de una carreta y ambas murieron juntas.

321

El asno, el buey y el labrador

Un labrador enyugó juntos a su asno y a su buey y los puso a trabajar en la siembra de su campo. Era una pareja improvisada, pero no podía hacer más, dado que sólo tenía un buey. Al final de la jornada, cuando desató a las bestias del yugo, el burro le dijo al buey:

—Vaya, ha sido un día de duro trabajo. ¿Cuál de los dos llevará al dueño a casa?

El buey pareció sorprendido por la pregunta.

—Pues tú —dijo—, por supuesto, como siempre.

322

La comadreja y el hombre

Un hombre atrapó a una comadreja que siempre deambulaba a hurtadillas por la casa. Estaba a punto de ahogarla en una tina con agua cuando el animal le suplicó que le perdonara la vida y le dijo:

—No tendrás el valor para matarme, ¿verdad? Piensa en lo útil que he sido a la hora de limpiar tu casa de ratones y lagartos que solían infestarla. Muéstrame gratitud perdonándome la vida.

—No me has sido nada útil, te lo aseguro —contestó el hombre—. ¿Quién mató a las aves de corral? ¿Quién me robó la carne? ¡No, no! Eres más perjudicial que beneficiosa y debes morir.

323

Los perros y la zorra

Unos perros encontraron una piel de león a la que le clavaron los dientes. Entonces, apareció una zorra, que dijo:

—Os creéis muy fieros, sin duda. Sin embargo, si fuera un león vivo, descubriríais que tiene las garras mucho más afiladas que vuestros dientes.

324

El gavilán y el ruiseñor

Un ruiseñor estaba posado en la rama de un roble, cantando, como era su costumbre. Un gavilán hambriento lo vio y se lanzó en picado hacia ese lugar para atraparlo con las garras. Estaba a punto de destrozarlo cuando le suplicó que le perdonara la vida.

—No soy lo bastante grande para convertirme en tu cena —imploró—. Deberías buscar una presa entre las aves más grandes.

El gavilán lo contempló con desdén.

—Debes creer que soy un ingenuo —dijo— si supones que voy a dejar escapar un premio seguro ante la oportunidad de mejores presas de las que ahora no veo rastro alguno.

Esopo

325

El lobo y el caballo

El lobo y el caballo

Durante uno de sus paseos, el lobo llegó a un campo de avena, pero, como no podía comerla, pasó de largo hasta que se topó con un caballo.

—Mira —le dijo el lobo—, ahí tienes un buen campo de avena. Lo he dejado intacto para ti y me encantaría disfrutar del sonido de tus dientes al masticar el grano maduro.

—Si los lobos pudieran comer avena, querido amigo —contestó el caballo—, dudo que prefirieras complacer a tus oídos a expensas de tu estómago.

No hay virtud en darle a otros lo que es inútil para uno mismo.

326

La rosa y el amaranto

Una rosa y un amaranto crecían la una al lado del otro en un jardín. El segundo le dijo a su vecina:

—¡Envidio tu belleza y tu dulce aroma! No me extraña que seas la favorita de todos.

Sin embargo, la rosa contestó con una pizca de tristeza en la voz:

—Ah, querido amigo, sólo florezco una vez. Mis pétalos pronto se marchitan y caen y, después, muero. Sin embargo, tus flores nunca se apagan, ni siquiera cuando las cortan. Son eternas.

327

El cisne y su dueño

Se dice que el cisne sólo canta una vez en su vida, cuando sabe que está a punto de morir. Un hombre que había oído lo de la canción del cisne, un día vio a una de estas aves a la venta en el mercado, la compró y se la llevó a casa. Unos días después, fueron a visitarlo unos amigos, sacó al cisne y le pidió que cantara para entretenerlos, pero el animal permaneció en silencio.

Con el paso del tiempo, al hacerse mayor, se dio cuenta de que se acercaba su final y empezó a cantar una triste y dulce canción. Cuando su dueño lo oyó, dijo enfadado:

—Si la criatura sólo canta cuando está a punto de morir, ¡qué necio fui el día que quería oír su canción! Debería haberle retorcido el cuello, en lugar de invitarla a cantar.

Esopo

328

El cazador y la perdiz

Un día, mientras un cazador estaba sentado ante una escasa cena, compuesta de verduras y pan, un amigo lo visitó de manera inesperada. Como tenía la despensa vacía, salió para coger una perdiz mansa que tenía como señuelo y estaba a punto de retorcerle el cuello cuando el ave exclamó:

—¿Seguro que deseas matarme? ¿Qué harás sin mí la próxima vez que vayas de caza? ¿Cómo harás que los pájaros se acerquen a tu red?

Tras esto, la dejó marchar y entró en el gallinero, donde tenía un joven y hermoso gallo. Cuando vio que iba a por él, el animal también suplicó que le perdonara la vida.

—Si me matas, ¿cómo sabrás la hora que es por la noche? ¿Quién te levantará por la mañana cuando llegue el momento de trabajar?

Sin embargo, el cazador contestó:

—Eres útil dándome la hora, es cierto, pero, a pesar de todo, no puedo enviar a mi amigo a la cama sin darle de cenar.

De este modo, lo atrapó y le retorció el cuello.

329

El orador Démades

Una vez, Démades, el orador, estaba hablando en la asamblea de Atenas, pero los presentes no prestaban atención a lo que estaba diciendo, por lo que se interrumpió y dijo:

—Caballeros, me gustaría contaros una de las fábulas de Esopo.

Aquello hizo que todos lo escucharan con atención. Así, Démades comenzó a hablar:

—Deméter, una golondrina y una anguila viajaban juntas y llegaron a un río sin puente. La golondrina voló sobre él y la anguila lo cruzó a nado. —Se detuvo ahí, por lo que varias personas del público gritaron:

—¿Qué le ocurrió a Deméter?

—Deméter —replicó él— está muy enfadada con vosotros por escuchar fábulas en lugar de centraros en los asuntos públicos.

330

El loro y la gata

Una vez, un hombre compró un loro y le abrió las puertas de su casa. El pájaro se deleitó con su libertad. Enseguida voló hacia la repisa de la chimenea y expresó a gritos la alegría que le llenaba el corazón. El ruido molestó a la gata, que dormía en la alfombra. Al mirar al intruso, dijo:

—¿Quién eres y de dónde vienes?

El loro contestó:

—Tu dueño me acaba de comprar y me ha traído a casa.

—¡Pájaro imprudente! —contestó la gata—. ¿Cómo se atreve un recién llegado a hacer un ruido así? Yo nací aquí y he vivido en esta casa toda mi vida, pero, si me aventuro a maullar, me lanzan cosas y me persiguen por todas partes.

—Mira, querida —replicó el loro—, tú muérdete la lengua. Mi voz les gusta, pero la tuya... la tuya es una gran molestia.

331

El lobo y el labrador

Un labrador soltó a sus bueyes del arado y los guió hacia el agua para que bebieran. Mientras estaba ausente, un lobo muerto de hambre apareció en escena, se acercó al arado y empezó a mordisquear las tiras de cuero unidas al yugo. Mientras roía desesperado, con la esperanza de aplacar su deseo de comida, se enredó en el arnés y, asustado, luchó por liberarse, por lo que tensó las correas como si estuviera tirando del arado. Justo entonces, el labrador se acercó y, al ver lo que estaba haciendo, exclamó:

—Ah, viejo granuja, ojalá dejes de robar para siempre y te dediques al trabajo honrado.

El pescador flautista

332

El pescador flautista

Un pescador que sabía tocar la flauta se acercó un día a la orilla del mar con sus redes y dicho instrumento. Se sentó en el saliente de una roca y comenzó a tocar una melodía, pensando que la música haría que los peces saltaran fuera del agua. Siguió así durante un tiempo, pero no apareció ninguno. Por eso, al final decidió dejar de lado la flauta y lanzar la red al mar, con lo que pescó una gran cantidad de peces. Cuando cayeron al suelo y vio que saltaban por la orilla, exclamó:

—¡Granujas! No bailabais cuando tocaba y ahora que he parado, no hacéis otra cosa.

333

El león y el ciervo

Los sabuesos perseguían a un ciervo que se refugió en una cueva donde esperaba estar a salvo de sus perseguidores. La mala suerte quiso que en ella hubiera un león, de quien fue presa fácil.

—¡Qué desgracia la mía! —exclamó—. Me he librado del ataque de los perros, pero he caído directo en las garras de un león.

Ir de mal en peor.

334

La serpiente pisoteada y Zeus

Una serpiente sufría mucho porque hombres y bestias no dejaban de pisotearla, debido en parte a la longitud de su cuerpo y en parte a que no podía levantarse de la superficie del suelo. De este modo, se acercó a Zeus para quejarse de los riesgos a los que estaba expuesta. Sin embargo, el dios sintió poca compasión por ella.

—Me atrevería a decir que, si hubieras mordido al primero que te pisó, los demás habrían tenido cuidado de mirar dónde ponían los pies —contestó.

335
El carnicero y los dos jóvenes

Dos jóvenes estaban comprando carne en el puesto de un carnicero en el mercado. Cuando el vendedor les dio la espalda un momento, uno cogió un pedazo de carne y lo metió rápidamente bajo la capa del otro, donde nadie pudiera verlo. Al girarse de nuevo el carnicero, echó en falta la carne enseguida y los acusó de habérsela robado. Pero el que la había cogido dijo que él no la tenía y el que la tenía dijo que él no la había cogido. El carnicero, seguro de que lo engañaban, dijo:

—Quizás me engañéis con vuestras mentiras, pero no podréis engañar a los dioses, que no os dejarán en paz con tanta facilidad.

Los engaños a menudo ascienden a perjurio.

336
El pastor y el lobo

Un pastor encontró un cachorro de lobo entre la hierba y se lo llevó a casa, donde lo crió con los perros. Cuando el cachorro creció, si alguna vez un lobo robaba una oveja del rebaño, se unía a los perros para darle caza. En ocasiones, los perros no lograban encontrar al ladrón, abandonaban la persecución y volvían a casa. En esos casos, el lobo solía continuar con la caza por su cuenta y, en cuanto alcanzaba al culpable, se detenía y compartía el festín con él antes de regresar con el pastor. Sin embargo, si durante un tiempo los lobos no se llevaban ninguna oveja, él mismo la robaba y compartía el botín con los perros. El pastor empezó a sospechar y un día lo pilló *in fraganti,* por lo que le ató una cuerda al cuello y lo colgó en el árbol más cercano.

Lo que se lleva en la sangre no se puede disimular.

337

Los lobos, los carneros y el carnero mayor

Los lobos enviaron a un representante para que propusiera a los carneros una paz duradera entre ambos bandos con la condición de que provocaran la muerte instantánea de los perros pastores. Los ingenuos carneros iban a aceptar los términos, pero un viejo carnero, cuyos años lo habían vuelto sabio, intervino y dijo:

—¿Cómo podríamos esperar vivir en paz con vosotros? Incluso con los perros presentes para protegernos, nunca estamos a salvo de vuestros ataques letales.

338

El cuervo y la culebra

Un cuervo hambriento captó a una culebra que dormía en un lugar en el que daba el sol y, tras atraparla con las garras, se la llevó a otro sitio para poder convertirla en su cena sin que lo molestaran. Entonces, la culebra levantó la cabeza hacia él y le mordió. Era venenosa y su picadura, letal. Así, el cuervo moribundo exclamó:

—¡Vaya destino cruel el mío! Creía que había hecho un descubrimiento afortunado, pero me ha costado la vida.

339

El embustero

Un hombre cayó enfermo y, como se encontraba muy mal, hizo la promesa de que sacrificaría cien bueyes a los dioses si le devolvían la salud. Dado que deseaban ver cómo iba a mantener su palabra, permitieron que se recuperara poco después. Sin embargo, no poseía ni un buey, por lo que formó cien pequeños bueyes con sebo y los ofreció ante un altar, al mismo tiempo que decía:

—Dioses, os llamo para que presenciéis cómo cumplo mi promesa.

Los dioses decidieron pagarle con la misma moneda, por lo que le enviaron un sueño, en el que se le invitaba a ir a la costa a recoger cien coronas que allí encontraría. Tras correr entusiasmado a la orilla, una banda de ladrones cayó sobre él, lo atraparon y se lo llevaron para venderlo como esclavo. Cuando lo vendieron, lo hicieron por la suma de cien coronas.

No prometas más de lo que puedes cumplir.

340

El hombre y la hormiga

Una vez, un hombre vio cómo un navío naufragaba con toda su tripulación y criticó de forma severa la injusticia de los dioses.

—No les importa el comportamiento de los hombres —dijo—. Conducen tanto a los buenos como a los malos a la muerte.

Cerca de donde se encontraba, había un hormiguero. Mientras hablaba, una hormiga le mordió el pie. Tras girarse enfadado hacia el hormiguero, lo pisó y mató a cientos de hormigas inocentes. De repente, Hermes apareció y, tras golpearlo con el cetro, le dijo:

—Malvado, ¿dónde está ahora tu maravilloso sentido de la justicia?

341

El águila y la zorra

Un águila y una zorra se volvieron buenas amigas y decidieron vivir la una cerca de la otra. Pensaron que, cuanto más se vieran, mejores amigas se harían. De este modo, el águila construyó su nido en lo alto de un árbol y la zorra se asentó en un matorral a los pies del mismo, donde tuvo una camada de cachorros.

Un día, la zorra salió a buscar comida y el águila, que también quería alimentar a sus polluelos, voló hasta el matorral, atrapó a los cachorros de la zorra y se los llevó a la parte alta del árbol para alimentar a su familia. Cuando la zorra volvió y descubrió lo que había ocurrido, no estaba tan triste por la pérdida de sus cachorros como furiosa por no lograr alcanzar al águila y devolverle la traición. Por eso, se sentó no muy lejos y se maldijo.

No obstante, no pasó mucho tiempo antes de que consiguiera su venganza. Unos aldeanos estaban sacrificando una cabra en un altar cercano. El águila voló hasta él y se llevó al nido un pedazo de carne ardiendo. Se produjo una fuerte ráfaga de viento y el nido se incendió, lo que hizo que sus polluelos medio chamuscados cayeran al suelo. Entonces, la zorra corrió hasta allí y los devoró mientras el águila la observaba.

La falsa fe quizás escape del castigo humano, pero no del divino.

342

Los cuatro bueyes y el lobo

Cuatro bueyes grandes y fuertes hicieron compañía y se juraron estrecha amistad. Iban juntos a pacer a los prados, se defendían mutuamente de sus enemigos y vivían en perpetua concordia. El lobo, viendo que no podía embestirlos estando siempre unidos, ideó un engaño para indisponerlos entre sí y que se separasen, diciendo a cada uno en particular que los otros se burlaban de él y que le aborrecían. De esta manera logró que unos se recelasen de otros y las sospechas creciesen en tanto grado que se rompió su alianza y salían solos a pacer. El lobo, viendo el buen éxito de su engaño, los fue cazando y matando uno a uno. El último buey antes de morir dijo estas palabras:

—Seguramente morimos por nuestra culpa, por dar crédito a los malos consejos del lobo, pues si hubiéramos permanecido unidos, de ningún modo hubiera podido devorarnos el lobo.

Aun a los más débiles da fuerza la unión verdadera; por el contrario, la discordia destruye hasta a los más fuertes.

El mono y el delfín

343

El mono y el delfín

Cuando las personas se van de viaje, a menudo se llevan a perritos falderos o monos como mascotas para matar el tiempo. Por eso, un hombre que regresaba a Atenas desde el este tenía un mono de mascota que lo acompañaba. Al acercarse a la costa de Ática, estalló una gran tormenta y el barco volcó. Todos los que estaban a bordo se lanzaron al agua e intentaron salvarse nadando, el mono incluido. Un delfín lo vio y, al creer que era un hombre, lo elevó en su lomo y empezó a nadar hacia la orilla. Cuando se acercaban a Pireo, el puerto de Atenas, el delfín le preguntó al mono si era ateniense, a lo que él respondió que lo era y añadió que procedía de una familia distinguida.

—Entonces, es obvio que conoces Pireo —continuó el delfín.

Al pensar el mono que se estaba refiriendo a algún alto oficial, contestó:

—Ah, sí, es un viejo amigo mío.

Ante esa respuesta, dado que había detectado su hipocresía, el delfín se sintió tan molesto que lo hundió bajo la superficie y el desgraciado mono se ahogó rápidamente.

El mono y el delfín

Esopo

344

El médico ignorante

Un hombre cayó enfermo, por lo que se acostó en la cama. Pidió que vinieran a verlo distintos doctores, pero todos ellos, excepto uno, le dijeron que su vida no estaba en peligro inmediato, sino que su enfermedad seguramente duraría un tiempo considerable. El único que le dio una perspectiva distinta del caso, el último al que consultó, le aseguró que debía prepararse para lo peor.

—Tienes veinticuatro horas de vida —dijo— y temo no poder hacer nada.

Sin embargo, se equivocaba. Al cabo de unos días, el enfermo abandonó la cama y dio un paseo por el exterior, aunque es cierto que tan pálido como un fantasma. En el transcurso de esta caminata, se encontró con el doctor que había profetizado su muerte.

—Querido —dijo este último—, ¿qué tal te va? Sin duda, acabas de venir del otro mundo. ¿Cómo están nuestros amigos que partieron hacia allí?

—Muy cómodos —replicó el otro— porque han bebido del agua de la ignorancia y se han olvidado de todos los problemas de la vida. Por cierto, antes de que me marchara, las autoridades estaban tomando medidas para perseguir a todos los doctores porque no dejaban que los enfermos murieran, siguiendo el curso de la naturaleza, sino que los mantenían vivos con sus artes. También iban a presentar cargos contra ti, igual que con el resto, hasta que les aseguré que no eras doctor, sino un simple impostor.

345

Heracles y Atenea

Una vez, Heracles viajaba por un estrecho camino cuando vio en el suelo, frente a él, lo que parecía ser una manzana. Al pasar, la pisó con el talón. Le sorprendió que, en lugar de aplastarse, duplicara su tamaño. Volvió a arremeter contra ella y la golpeó con el garrote, pero la manzana se hinchó hasta volverse enorme y cerrarle el paso. Tras tirar el garrote, permaneció allí, observándola maravillado. Entonces, Atenea apareció y le dijo:

—Déjala tranquila, amigo mío. Lo que tienes delante es la manzana de la discordia. Si no la atacas, permanecerá tan pequeña como al principio. Sin embargo, si recurres a la violencia, crecerá hasta volverse tan grande como puedes ver.

346

El granjero y sus perros

En la finca de un granjero, cayó una gran tormenta de nieve que le impidió salir y conseguir provisiones para él mismo y su familia. Por esta razón, primero mató a las ovejas y las usó para comer. Luego, como la tormenta continuaba, mató a las cabras. Al final, como el tiempo no mostraba indicios de que fuera a mejorar, se vio obligado a matar a los bueyes para comérselos. Cuando los perros vieron que estaba matando y comiéndose a distintos animales, se dijeron los unos a los otros:

—Será mejor que salgamos pronto de aquí o seremos los siguientes.

347

La zorra que servía a un león

Un león tenía una zorra que cuidaba de él. Cada vez que iban de caza, la zorra encontraba la presa y el león saltaba sobre ella para matarla. Después, se dividían el botín en distintas proporciones. El león siempre se quedaba con la parte más grande y la zorra con una muy pequeña, lo que a ella no le agradaba. De este modo, decidió partir por su cuenta. Intentó robar un cordero de un rebaño de ovejas, pero el pastor la vio y lanzó a los perros contra ella. El cazador se convirtió en el cazado y muy pronto los perros la atraparon e hicieron pedazos.

Mejor servidumbre con seguridad que libertad con peligro.

El lobo orgulloso de su sombra y el león

348

Los perros hambrientos

Érase una vez una manada de perros que, muertos de hambre, vieron unas pieles empapándose en el río, pero no podían llegar hasta ellas porque el agua era demasiado profunda. De este modo, juntaron las cabezas y decidieron beber del río hasta que fuera lo bastante superficial para que pudieran alcanzar las pieles. No obstante, mucho antes de que eso ocurriera, reventaron de tanto beber agua.

349

El lobo orgulloso de su sombra y el león

Un lobo, que paseaba por una llanura mientras el sol se encontraba bajo en el cielo, se sintió impresionado por el tamaño de su sombra y se dijo:

—No tenía ni idea de que fuera tan grande. ¿De qué le tengo miedo al león? Debería ser yo, no él, el rey de las bestias.

Ajeno al peligro, se paseó por la zona pavoneándose como si no hubiera ninguna duda sobre esa afirmación. Entonces, un león saltó sobre él y comenzó a devorarlo.

—¡Ay! —exclamó—. Si no hubiera perdido de vista la realidad, mis fantasías no me habrían supuesto la destrucción.

350

Heracles y Hades

Cuando los dioses recibieron a Heracles y Zeus preparó un banquete en su honor, el primero respondió de manera cortés al saludo de todos a excepción del de Hades, dios de las riquezas. Este se le acercó, pero él bajó los ojos al suelo, se dio media vuelta y fingió no haberlo visto. Zeus se sorprendió ante ese comportamiento y le preguntó por qué, tras haber sido cordial con todos los demás dioses, se había conducido así con Hades.

—Señor —dijo Heracles—, no me gusta Hades y le diré por qué. Cuando estábamos juntos en la Tierra, me percaté de que siempre se rodeaba de canallas.

351

Las zorras a orillas del río Meandro

Varias zorras se reunieron en la orilla del río Meandro porque tenían sed. Sin embargo, la corriente era tan fuerte y el agua parecía tan profunda y peligrosa que no se atrevían a hacerlo. Así, permanecieron cerca del borde, animándose las unas a las otras para que no tuvieran miedo. Al final, una de ellas, para avergonzar a las demás y demostrar lo valiente que era, dijo:

—No tengo el más mínimo temor. Mirad, voy a entrar en el agua.

En cuanto lo hizo, la corriente la arrastró. Cuando vieron que iba río abajo, gritaron:

—¡No te vayas y nos dejes solas! Vuelve y muéstranos dónde podemos beber nosotras también sin ponernos en peligro.

Pero ella contestó:

—Me temo que aún no puedo. Quiero ir al mar y esta corriente me está llevando hasta allí con mucha amabilidad. Cuando vuelva, os lo mostraré gustosa.

352

El león taimado

Un león estaba observando a un enorme toro que se alimentaba en un prado y se le hizo la boca agua al pensar en el enorme festín que podría darse con él. Sin embargo, no se atrevía a atacarlo porque le daban miedo los afilados cuernos. No obstante, el hambre lo empujaba a actuar y, dado que la fuerza no prometía éxito alguno, decidió idear una artimaña. Se acercó al toro de forma amigable y le comentó:

—No puedo evitar decirte lo mucho que admiro tu magnífica figura. ¡Qué buena cabeza! ¡Qué poderoso lomo y hermosas patas! Pero, amigo mío, ¿qué te hace llevar esos horribles cuernos? Deben parecerte tan incómodos como feos son. Créeme, estarías mucho mejor sin ellos.

El toro fue lo bastante ingenuo para dejarse convencer por los halagos, por lo que se cortó los cuernos. Al haber perdido su única defensa, se convirtió en presa fácil del león.

353

El león, la zorra y el asno

Un león, una zorra y un asno salieron a cazar juntos. Pronto consiguieron un gran botín que el león le pidió al asno que dividiera entre todos. Este lo hizo en tres partes iguales y con modestia les dijo a los demás que eligieran la que quisieran. Ante esta propuesta, el león estalló de rabia, saltó sobre el asno y lo hizo pedazos. Luego, fulminando a la zorra con la mirada, le pidió que hiciera una nueva división. Esta separó en un montón casi todo el botín para el león y dejó lo mínimo posible para ella misma.

—Querida amiga —comentó el león—, ¿cómo lo has entendido tan bien?

—¿Yo? —contestó la zorra—. He aprendido del asno.

Afortunado el que aprende de las desgracias de los demás.

354

El esclavo fugitivo

Un esclavo, descontento con su suerte, huyó de su dueño. Este pronto lo echó en falta y no perdió tiempo en subirse al caballo y perseguir al fugitivo. No tardó en alcanzarlo, pero el esclavo, con la esperanza de evitar que lo capturara, entró en un molino y se escondió allí.

—Vaya —exclamó el dueño—, ese es justo el lugar al que perteneces, amigo mío.

355

La zorra y el espino

Al abrirse paso por un matorral, una zorra perdió el equilibrio y se agarró a un espino para evitar caerse. Como es obvio, sufrió graves arañazos y, angustiada, le exclamó al espino:

—Era tu ayuda lo que quería y mira cómo me has tratado. Preferiría haberme caído.

El espino, interrumpiéndola, contestó:

—Debes haber perdido la cabeza, amiga mía, al agarrarte a mí cuando soy yo el que siempre se agarra a los demás.

356

La zorra y el erizo

Una zorra que nadaba en aguas bravías quedó atrapada en la corriente, que la llevó río abajo a pesar de sus intentos por resistirse. Al final, magullada y exhausta, consiguió salir al terreno seco de un remanso. Mientras permanecía allí tumbada, incapaz de moverse, un enjambre de tábanos se posó sobre ella y le chuparon la sangre sin impedimento alguno porque estaba demasiado débil incluso para quitárselos de encima.

Un erizo la vio y le preguntó si debería espantarle las moscas que la estaban atormentando. Sin embargo, la zorra contestó:

—Oh, por favor, bajo ningún concepto. Estas moscas me han chupado la sangre hasta llenarse y ahora mismo se están llevando muy poca cantidad. Sin embargo, si las espantas, otro enjambre de tábanos hambrientos vendrá y me chupará el resto de la sangre que me queda hasta dejarme sin una gota en las venas.

357

El león, la zorra y el lobo

Un león, enfermo por la edad, permanecía tumbado en su guarida mientras todas las bestias del bosque iban a preguntarle por su salud, a excepción de la zorra. El lobo pensó que sería una buena oportunidad para vengar viejas afrentas de la zorra, por lo que llamó la atención del león acerca de su ausencia y le dijo:

—Verá, señor, que todos hemos venido a ver cómo se encuentra, excepto la zorra, que no se ha acercado a usted y no le importa si está bien o mal.

Justo entonces, apareció la zorra y oyó las últimas palabras del lobo. El león le rugió, muy molesto, pero ella pidió que le permitiera explicar su ausencia.

—Ninguno de ellos se preocupa tanto por usted como yo, señor, ya que he estado todo el tiempo visitando médicos e intentando encontrar una cura para su enfermedad.

—¿Puedo preguntar si has encontrado alguna? —dijo el león.

—Así es, señor —contestó la zorra—. Es la siguiente: debe matar a un lobo y envolverse con su piel mientras siga caliente.

Por esa razón, el león se giró hacia el lobo y lo mató con un solo golpe de la pata para probar lo que le había prescrito la zorra. Esta se echó a reír y dijo para sí misma:

—Eso es lo que pasa por alentar el odio.

358

El león, la zorra y el ciervo

Un león estaba tumbado, enfermo, en su guarida, incapaz de procurarse comida. Cuando su amiga, la zorra, se acercó a preguntarle cómo estaba, le dijo:

—Querida mía, ojalá pudieras ir hasta un bosque cercano y engañar al enorme ciervo que vive allí para que venga hasta mi guarida. Me apetece hacerme una cena con su corazón y sesos.

⌐ Esopo ⌐

El león, la zorra y el ciervo

La zorra fue al bosque, encontró al ciervo y le dijo:

—Amigo, estás de suerte. Conozco al león, nuestro rey. Bueno, está a punto de morir y te ha nombrado su sucesor para que gobiernes sobre todos los animales. Espero que no olvides que he sido yo la primera en darte la buena noticia. Debo volver con él, pero, si aceptas mi consejo, tú también deberías venir y acompañarle en sus últimos momentos.

El ciervo se sintió muy halagado y siguió a la zorra hasta la guarida del león sin sospechar nada. En cuanto entró, el león saltó sobre él, pero calculó mal el impulso y sólo le arrancó las orejas antes de que el ciervo huyera y regresara lo más rápido posible al refugio del bosque. La zorra se sintió muy avergonzada y el león, tremendamente decepcionado, ya que tenía mucha hambre a pesar de su enfermedad. De este modo, le suplicó a la zorra que tratara de nuevo de atraer al ciervo a su guarida.

—Esta vez será casi imposible —contestó la zorra—, pero lo intentaré.

Partió hacia el bosque por segunda vez y encontró al ciervo descansando, recuperándose del sobresalto. Tan pronto como vio a la zorra, exclamó:

—Canalla, ¿qué pretendías llevándome así hacia la muerte? Márchate o te mataré con los cuernos.

Sin embargo, la zorra no sentía remordimiento alguno.

—¡Qué cobarde has sido! —dijo—. ¿No pensarías que el león quería hacerte daño de verdad? Sólo iba a susurrarte los secretos reales en el oído cuando te has marchado como un conejo asustado. Lo has enfadado, así que seguro que ahora va a convertir al lobo en rey, a menos que vuelvas enseguida y muestres cierto valor. Te prometo que no te hará daño y yo seré tu fiel sirvienta.

El ciervo fue lo bastante ingenuo para dejarse persuadir. Regresó y esta vez el león no se confundió, lo dominó y con su cadáver disfrutó de un festín real. Mientras tanto, la zorra vio su oportunidad y, cuando el león no miraba, le robó los sesos como recompensa por las molestias. Entonces, el león empezó a buscarlos, obviamente sin éxito. La zorra, que lo observaba, dijo:

—No servirá de mucho buscar sus sesos. No creo que los tenga una criatura que ha entrado dos veces en la guarida de un león.

359

La corneja y el cuervo

Una corneja estaba muy celosa de un cuervo porque a este los hombres lo consideraban el ave de los presagios y pensaban que podía predecir el futuro. Por eso, sentían un gran respeto por él. La corneja deseaba tener la misma reputación y, un día, al ver que se acercaban unos viandantes, voló hasta la rama de un árbol que estaba a un lado del camino y soltó un fuerte graznido. A los viajeros les inquietó el sonido porque temían que fuera un mal augurio hasta que uno de ellos, al ver a la corneja, les comentó a sus compañeros:

—No pasa nada, amigos míos, podemos continuar sin temor. Sólo es una corneja y su graznido no quiere decir nada.

Los que fingen ser algo que no son sólo consiguen hacer el ridículo.

Esopo

360

El león y el mosquito

Una vez, un mosquito se acercó a un león y le dijo:

—No te temo lo más mínimo. Ni siquiera creo que puedas rivalizar conmigo en cuanto a fuerza. ¿A qué equivale tu fuerza, al fin y al cabo? Puedes arañar con las garras y morder con los dientes, igual que una mujer enfadada, nada más. Sin embargo, yo soy más fuerte que tú. Si no lo crees, luchemos y lo verás.

Tras decir aquello, el mosquito hizo sonar su cuerno, se acercó al león y le mordió en la nariz. Cuando este sintió la picadura, corrió a rascarse con fuerza el hocico, con lo que lo hizo sangrar. Sin embargo, fracasó a la hora de hacer daño al mosquito, quien se alejó zumbando triunfal, emocionado por su victoria. No obstante, enseguida se enganchó con una telaraña, cuya dueña lo atrapó y se lo comió. De este modo, fue presa de un insecto insignificante tras haber vencido al rey de los animales.

El león y el mosquito

361

La perdiz y el cazador

Un cazador atrapó a una perdiz en su red y estaba a punto de retorcerle el cuello cuando soltó una súplica lastimera para que le perdonara la vida.

—No me mates, déjame vivir y recompensaré tu amabilidad engañando a las demás perdices para que caigan en tus redes.

—No —contestó el cazador—, no te voy a perdonar la vida. Iba a matarte igualmente, pero, después de ese discurso traicionero, mereces tu destino.

362

La bruja

Una bruja aseguraba ser capaz de evitar el enfado de los dioses gracias a sus amuletos, cuyo secreto sólo ella conocía. Así, montó un concurrido puesto con el que obtuvo grandes ganancias. Sin embargo, algunas personas la acusaron de magia negra, la llevaron ante los jueces y le pidieron que la mataran enseguida por hacer tratos con el diablo. La consideraron culpable y la condenaron a muerte. Uno de los jueces le preguntó cuando estaba a punto de abandonar el banquillo:

—Dices que puedes evitar la ira de los dioses. Entonces, ¿cómo es posible que hayas fracasado al evitar la enemistad de los hombres?

363

El caballo, el ciervo y el cazador

Érase una vez un caballo que solía pastar en un prado que tenía para él sólo. Sin embargo, un día, un ciervo apareció en dicho prado y le dijo que tenía tanto derecho como él a alimentarse allí. Además, eligió para sí las mejores zonas. El caballo, como deseaba vengarse de ese visitante molesto, se acercó a un hombre y le preguntó si le podía ayudar a echar al ciervo.

—Sí —dijo el hombre—, te ayudaré, pero sólo podré hacerlo si te coloco unos estribos en la boca y una silla en el lomo.

El caballo aceptó y muy pronto los dos echaron al ciervo del prado. Sin embargo, al terminar, el caballo descubrió, para su desgracia, que el hombre se había convertido en su dueño para siempre.

364

El anciano y la muerte

Un anciano cortó varios tocones de leña en un bosque y se dispuso a llevarlos a casa. Debía recorrer un largo camino y, antes de llegar a la mitad, ya estaba cansado. Tras posar su carga en el suelo, le pidió a la muerte que viniera y lo liberara de esta vida de fatigas. Según salieron las palabras de su boca, la muerte se presentó ante él y anunció su disposición a servirlo, lo que lo desconcertó. A punto de perder la cabeza por el miedo, aún mantuvo la suficiente claridad mental para tartamudear:

—Por favor, si fuera tan amable, ¿podría ayudarme con mi carga?

365

El hombre que perdió su pala

Un hombre estaba atareado cavando en su viñedo. Un día, al llegar al campo, echó en falta su pala. Al pensar que uno de los labradores se la había robado, los interrogó con interés, pero todos y cada uno de ellos negaron saber dónde se encontraba. No le convencieron sus negativas e insistió en que deberían ir a la ciudad para jurar en el templo que no eran culpables del hurto. No tenía una gran opinión de las sencillas deidades del campo, pero pensó que el ladrón no pasaría inadvertido ante los astutos dioses de la ciudad. Cuando cruzaron la muralla, lo primero que oyeron fue al pregonero, que proclamaba una recompensa a cambio de información sobre un ladrón que había robado algo del templo de la ciudad.

—Vaya —se dijo el hombre—. Si estos dioses no han logrado descubrir quiénes son los ladrones que han robado en su propio templo, no creo que puedan decirme quién me ha robado la pala.

366

La serpiente y el águila

Un águila cayó sobre una serpiente y la elevó con las garras, ya que pretendía llevársela y devorarla. Sin embargo, la serpiente era demasiado rápida para él y se enroscó en torno a su cuerpo un momento después. A continuación, se produjo una lucha a vida o muerte entre ellos.

Un campesino que observaba el encuentro se acercó a ayudar al águila y lo liberó de la serpiente, lo que le permitió escapar. Vengativa, la serpiente escupió su veneno en el cuerno del que bebía el hombre. Extenuado por su esfuerzo, el hombre estaba a punto de saciar su sed dándole un sorbo al cuerno cuando el águila se lo arrebató de la mano y derramó su contenido en el suelo.

Una buena acción se merece otra.

367

El pícaro

Un pícaro apostó que podía demostrar que no se debía confiar en el oráculo de Delfos al obtener por su parte una respuesta falsa sobre una pregunta acerca de sí mismo. Se acercó al templo el día elegido con un pequeño pájaro en la mano, que ocultaba bajo los pliegues de la capa. Preguntó si lo que tenía en la mano estaba muerto o vivo. Si el oráculo decía «muerto», pretendía sacar al pájaro vivo. Si la respuesta era «vivo», pretendía retorcerle el cuello y mostrar que estaba muerto. No obstante, el oráculo era demasiado listo para él, por lo que respondió:

—Extraño, que ese ser que tienes en la mano viva o muera depende totalmente de tu voluntad.

El avaro y el oro

368

El avaro y el oro

Un avaro vendió todo lo que tenía y fundió su botín de oro en un único lingote que enterró en secreto en un campo. Todos los días iba a mirarlo y a veces se pasaba largas horas regodeándose con su tesoro. Uno de sus hombres se percató de las frecuentes visitas que hacía a ese lugar y un día lo siguió y descubrió su secreto. Tras esperar su oportunidad, una noche se acercó, desenterró el oro y lo robó.

Al día siguiente, el avaro visitó el lugar como siempre y, al descubrir que había desaparecido su tesoro, se dejó caer de rodillas, tirándose del pelo y gimiendo por su pérdida. En este estado lo vio uno de sus vecinos, que le preguntó qué le ocurría. El avaro le contó su desgracia y el otro contestó:

—No te lo tomes tan mal, amigo mío. Pon un ladrillo en el agujero y míralo todos los días. Tu situación no habrá empeorado porque, incluso cuando tenías el oro, no lo usabas para nada.

369

Las palomas, el milano y el halcón

Un milano estaba persiguiendo a las aves de un palomar. De vez en cuando, el primero caía en picado y se hacía con una de las palomas. Por eso, invitaron a un halcón al palomar para que las defendiera contra el enemigo. No obstante, pronto se arrepintieron de su necedad porque el halcón mató a más en un día que el milano en un año.

370

Pena y su parte

Cuando Zeus estaba asignando privilegios a los distintos dioses, Pena no estaba presente con el resto, pero, tras recibir todos su parte, ella también apareció y reclamó lo que le correspondía. Zeus no sabía qué hacer, puesto que no quedaba nada para ella. No obstante, al final decidió que le corresponderían las lágrimas que se derraman por los muertos. Así, Pena estaría a la altura de los demás dioses. Cuanto más le entregan su parte los hombres, más generosa se muestra con lo que tiene que otorgar. Por eso, no es bueno llorar por los fallecidos durante mucho tiempo. Si no, Pena, cuyo único placer es dicho duelo, enviará rápidamente una nueva causa para las lágrimas.

371

El cazador y el jinete ladrón

Un hombre salió a cazar y logró atrapar una liebre que llevaba a casa cuando se encontró con un jinete que le dijo:

—Veo que ha tenido suerte, señor. —Luego, se ofreció a comprarle la liebre.

El cazador aceptó, encantado, pero, en cuanto le puso las manos encima a la liebre, azuzó el caballo y partió a galope. El cazador corrió tras él durante un tiempo, pero pronto comprendió que lo había engañado y se rindió en su intento de alcanzar al jinete. Para guardar las apariencias, gritó tras él lo más fuerte que pudo:

—Muy bien, señor, muy bien, quédese con la liebre. En todo momento pensaba regalársela.

372

Prometeo y los hombres

Por petición de Zeus, Prometeo se dispuso a crear al hombre y al resto de animales. Zeus, al ver que había menos humanos, las únicas criaturas racionales, que bestias irracionales, le pidió que equilibrara la balanza, convirtiendo a algunas de estas últimas en hombres. Prometeo hizo lo que le pidió y por eso algunas personas tienen forma de hombre, pero alma de bestia.

373

La golondrina presumida y la corneja

Una vez, una golondrina se pavoneaba de sus orígenes ante la corneja.

—En el pasado, fui una princesa —dijo—, la hija de un rey de Atenas, pero mi marido me trató cruelmente y me cortaron la lengua por una pequeña falta. Entonces, para protegerme de más heridas, me convertí en un pájaro.

—Eres bastante charlatana —respondió la corneja—. No me puedo imaginar cómo serías si no hubieras perdido la lengua.

374

La zorra y el leopardo

Una zorra y un leopardo estaban discutiendo sobre su aspecto. Cada uno aseguraba ser más hermoso que el otro. El leopardo dijo:

—Mira mi precioso pelaje. No tienes forma de competir con él.

—Quizás tu pelaje sea precioso —replicó la zorra—, pero mi ingenio es aún más preciado.

La zorra y el leopardo

Esopo

375

La viuda y el labrador

Una mujer que había perdido hacía poco a su marido solía ir todos los días a su tumba para lamentar la pérdida. Un labrador que araba las tierras no muy lejos posó los ojos en la mujer y deseó que se convirtiera en su esposa. De este modo, dejó a un lado el arado, se acercó y se sentó junto a ella antes de empezar a derramar lágrimas también. La mujer le preguntó por qué lloraba y él contestó:

—He perdido a mi esposa, a quien tenía mucho cariño, y las lágrimas mitigan mi pena.

—Yo también he perdido a mi marido —anunció la mujer.

Durante un tiempo, lloraron en silencio. Luego, el labrador dijo:

—Dado que tú y yo estamos en la misma situación, ¿no deberíamos casarnos y vivir juntos? Ocuparé el lugar de tu esposo muerto y tú, el de mi esposa fallecida.

La mujer aceptó el plan porque le parecía razonable, por lo que ambos se secaron las lágrimas. Mientras tanto, un ladrón había aparecido y había robado los bueyes que el labrador había dejado en la tierra de cultivo. Al descubrir el hurto, el hombre se golpeó el pecho y sollozó con fuerza por su pérdida. Cuando la mujer oyó los gritos, se acercó y dijo:

—Vaya, ¿sigues llorando?

Ante aquello, él contestó:

—Sí, pero esta vez mi pena es real.

376

El caminante y la dama Fortuna

Un caminante, agotado tras un largo viaje, se tumbó en la orilla de un profundo estanque y se quedó dormido. Estaba a punto de caer cuando la dama Fortuna apareció y le tocó en el hombro para aconsejarle que no se moviera.

—Despiértese, buen señor, se lo ruego —dijo—. Si hubiera caído al estanque, la culpa no se la habría echado a su propia necedad, sino a mí, la fortuna.

377

El cazador miedoso y el leñador

Un cazador estaba buscando en el bosque las huellas de un león y, al ver a un leñador que estaba talando un árbol, se acercó a él y le preguntó si no había visto las huellas de un león por allí cerca o si sabía dónde se encontraba la guarida. El leñador contestó:

—Si vienes conmigo, te mostraré al león.

El cazador palideció de miedo y comenzaron a castañearle los dientes mientras contestaba:

—Ah, no busco al león, gracias, sólo sus huellas.

El cazador miedoso y el leñador

Esopo

378

El caballo y el asno

Un caballo, orgulloso de su elegante arnés, se encontró con un asno en el camino. El burro con su pesada carga se desplazó con lentitud para echarse a un lado y dejarlo pasar. Entonces, el caballo gritó impaciente que apenas podía contener las ganas de darle una patada para que se moviera más rápido. El asno mantuvo la calma, pero no se olvidó de la insolencia del otro animal.

No mucho después, el caballo empezó a tener dificultades para respirar, por lo que su dueño lo vendió a un granjero. Un día, mientras tiraba de un carro de estiércol, volvió a encontrarse con el asno, quien se burló de él:

—¡Vaya! Nunca pensaste que llegarías a esto, ¿verdad? ¡Con lo orgulloso que eras! ¿Dónde están ahora tus alegres adornos?

El caballo y el asno

379

Las cabras y el cabrero

Un cabrero estaba cuidando de sus cabras mientras pastaban cuando vio que un grupo de cabras montesas se acercaba y se mezclaba con el rebaño. Al acabar el día, las llevó a casa y las metió a todas juntas en el establo. Al día siguiente, hacía muy mal tiempo, por lo que no pudo sacarlas como siempre, las mantuvo en el establo y les dio de comer. A sus cabras les sirvió lo justo para evitar que murieran de hambre, pero a las montesas tanto como pudieran comer y más, ya que deseaba que se quedaran y pensaba que si las alimentaba bien no querrían marcharse.

Cuando el tiempo mejoró, se las llevó de nuevo a pastar, pero, en cuanto se acercaron a las colinas, las cabras montesas se alejaron de la manada y se marcharon corriendo. El cabrero se enfadó y las insultó por su ingratitud.

—¡Canallas! —exclamó—. Huis después de lo bien que os he tratado.

Al oír aquello, una de ellas se giró y contestó:

—Ah, sí, nos has tratado muy bien. Demasiado bien, de hecho. Fue eso lo que hizo que nos pusiéramos en alerta. Si tratas a los recién llegados mucho mejor que a tu propio rebaño, es muy probable que, si se une otro grupo de cabras extrañas, seamos nosotras las olvidadas en favor de las últimas en llegar.

380

El ciervo y su reflejo

Un ciervo sediento se acercó a un estanque para beber. Cuando se inclinó sobre la superficie, vio su propio reflejo en el agua y se sorprendió al admirar sus preciosas astas, al mismo tiempo que se sentía asqueado por la debilidad y la delgadez de sus patas. Mientras permanecía allí, mirándose, un león lo vio y lo atacó. Sin embargo, en la persecución posterior, pronto se alejó de su depredador y mantuvo su ventaja mientras el terreno permaneció desnudo y libre de árboles. No obstante, al llegar a un bosque, se enganchó con las astas en las ramas y cayó víctima de los dientes y garras de su enemigo.

—¡Pobre de mí! —exclamó con su último aliento—. Desprecié mis patas, que me hubieran salvado la vida, pero glorifiqué mis cuernos, que han demostrado ser mi ruina.

Lo que más merece la pena a menudo es lo que menos se valora.

381

La víbora y la zorra

A una víbora que cruzaba un río se la llevó la corriente, pero logró enroscarse en una maraña de espinas que flotaba en el agua y se dejó caer río abajo a toda prisa. Una zorra, al verla desde la orilla mientras daba vueltas en el agua, exclamó:

—¡Mira, la pasajera va a juego con el barco!

ÍNDICE

Introducción		5
Fábulas ilustradas		23
1.	La cigarra y la hormiga	25
2.	La gata y los ratones	26
3.	La gallina de los huevos de oro	26
4.	El Sol y el ladrón	27
5.	El carbonero y el lavandero	27
6.	La zorra y las uvas	28
7.	Las dos perras	29
8.	Los ratones del consejo	29
9.	El zorro y el cuervo	31
10.	El león, la vaca, la cabra y la oveja	31
11.	El perro con campanilla	32
12.	El asno y los caminantes	32
13.	El murciélago y las comadrejas	32
14.	La anciana y el médico	33
15.	El gato y los pájaros	35
16.	El águila, el caracol y la corneja	35
17.	El lobo y el cordero	35
18.	El león, el jabalí, el toro y el asno	36
19.	El milano y su madre	37
20.	La zorra y el lobo	37
21.	El cuervo y la jarra	38
22.	El león y el ratón	39

23.	El pavo real y la grulla	39
24.	La golondrina y las otras aves	40
25.	El caballo y el mozo de cuadra	40
26.	El derrochador y la golondrina	41
27.	El lobo y el busto	41
28.	La perra y la cerda	41
29.	El viento del Norte y el Sol	43
30.	Hermes y el leñador	43
31.	El león, la zorra y el asno	44
32.	La puerca y el lobo	45
33.	La Luna y su madre	45
34.	El Sol y las ranas	45
35.	El zorro y la cigüeña	46
36.	El ladrón y el perro	47
37.	El cazador y el jilguero	48
38.	El parto de los montes	48
39.	El cordero y el lobo	48
40.	Los jóvenes y las ranas	49
41.	La viuda y las criadas	49
42.	La cabra, el cabrito y el lobo	50
43.	El cazador y el perro	50
44.	El lobo con piel de oveja	51
45.	Los bienes y los males	51
46.	Los delfines, las ballenas y la caballa	52
47.	Las liebres y las ranas	52
48.	El buey y el mosquito	53
49.	La mosca y la hormiga	54
50.	El ciervo en el establo de los bueyes	54
51.	La rana y el buey	55
52.	El hombre joven y la mala mujer	56
53.	El ciervo y el cazador	56

54.	La víbora y la lima	57
55.	El cuento de la lechera	57
56.	La pulga y el hombre	58
57.	La higuera y la zarza	59
58.	El caballo y el león	59
59.	El burro y el perrito faldero	60
60.	La zorra y el mono	61
61.	Los viandantes y el oso	61
62.	El pastor anunciando al lobo	62
63.	El perro, el gallo y la zorra	62
64.	El esclavo y el león	63
65.	La pulga y el camello	64
66.	El burro y la sal	64
67.	El lechón, los corderos y el lobo	65
68.	El ciego	65
69.	El roble y los juncos	67
70.	El hombre y el dragón	67
71.	Zeus y la abeja	68
72.	El viejo y sus hijos	69
73.	Los monos y los dos viajeros	69
74.	El pescador y el pececillo	70
75.	La zorra y el chivo	70
76.	La hormiga, la paloma y el cazador	71
77.	Los ladrones y el gallo	72
78.	La mujer y el marido borracho	73
79.	La zorra y el mono rey	73
80.	El asno y su sombra	74
81.	La corneja sedienta	74
82.	Los caracoles	74
83.	El perro y el cocinero	75
84.	La lámpara	75

85. La raposa y el gallo 76

86. El camello y Júpiter 76

87. El viejo león y la zorra 77

88. El cangrejo y su madre 77

89. El búho y las aves 79

90. El campesino y el manzano 79

91. El viajero fanfarrón 80

92. El cazador y el mirlo 80

93. Zeus y la mona 81

94. El cazador de aves 81

95. El burro con piel de león 82

96. El labrador y la Fortuna 83

97. El ratón y la rana 83

98. Las avispas, las perdices y el labrador 84

99. Las cabras y sus barbas 84

100. La zorra a la que se le llenó el vientre 84

101. El granjero y sus hijos 85

102. El padre y sus hijos 85

103. La rana que decía ser médico y la zorra 86

104. La lechuza y las palomas 86

105. El joven en el río 87

106. El náufrago y el mar 88

107. La cabra y el buey 88

108. El niño y las avellanas 88

109. El médico 89

110. El león y el jabalí 89

111. El niño y la ortiga 90

112. El perro en el pesebre 90

113. El leopardo y las monas 91

114. Zeus y la tortuga 91

115. La mujer y el marido muerto 92

Fábulas ilustradas

116. Los bueyes y el eje de la carreta 92

117. La corneja y las aves 93

118. El hombre y el león 93

119. Las ranas pidiendo rey 95

120. El mercader y el asno 96

121. Los dos bolsos 96

122. La tortuga y el águila 96

123. Hermes y el escultor 97

124. El lobo y los pastores 97

125. El nogal 98

126. Los ratones y las comadrejas 98

127. El niño en el tejado 99

128. El jabalí y la zorra 99

129. El viajero y su perro 99

130. El zorro que perdió la cola 100

131. El águila y su captor 101

132. El ciervo, la oveja y el lobo 101

133. La zorra que nunca había visto a un león 102

134. El pavo real y Hera 103

135. El olivo y la higuera 103

136. El granado, el manzano y la zarza 104

137. El grajo soberbio y los pavos reales 104

138. El buitre y las otras aves 104

139. El ciervo y el cervatillo 105

140. El herrero y su perro 105

141. El perro que perseguía al lobo 106

142. Los cuadrúpedos y las aves 106

143. Hermes y los comerciantes 106

144. Los dos soldados y el ladrón 107

145. El hombre y la estatua 107

146. El criado negro 108

147. El asno y el viejo pastor 108

148. El perro y el trozo de carne 109

149. La raposa y el lobo pescador 110

150. El lobo, la madre y el niño 113

151. El oso y la zorra 113

152. La zorra, el oso y el león 113

153. El león y el burro silvestre 114

154. El rico y el curtidor 114

155. El lobo y el presagio 115

156. Heracles y el carretero 117

157. El lobo y el carnero 118

158. La liebre y la tortuga 119

159. Los perros 119

160. La rana y el buey 120

161. Las dos langostas 121

162. El mercader de estatuas 121

163. La raposa y el lobo 122

164. El águila y la flecha 124

165. El león y su hijo 124

166. El hombre y el sátiro 126

167. El caballo y el soldado 128

168. Los bueyes contra los carniceros 128

169. El lobo y el perro flaco 129

170. El viejo perro cazador 131

171. El que promete imposibles 131

172. La anciana y el recipiente de vino 133

173. La alondra y el granjero 133

174. El león y los tres toros 134

175. La madre y el hijo ladrón 134

176. La zorra y la leona 135

177. La zorra y el chivo 135

Fábulas ilustradas

178.	La raposa y la zarza	136
179.	El bufón y el campesino	136
180.	El caballo y el jinete	137
181.	El ruiseñor y la golondrina	137
182.	El gato y el gallo	139
183.	El trompetista hecho prisionero	139
184.	Los dos recipientes	140
185.	El león, el toro y el chivo	140
186.	El águila, la gata y la jabalina	141
187.	El joven y el ladrón	141
188.	El león, la zorra y el ratón	142
189.	El león y el asno	142
190.	El ciervo, la oveja y el lobo	143
191.	El cazador y la avutarda	144
192.	El lobo y el león	144
193.	El tigre y el cazador	144
194.	La mona y sus hijos	145
195.	El avariento y el envidioso	145
196.	El adivino	146
197.	El atún y el delfín	146
198.	Los tres protectores	147
199.	El león y la cabra	147
200.	La viña y la cabra	149
201.	El labrador y el toro	149
202.	El lobo y la oveja	149
203.	El ratón y el toro	150
204.	El lobo y el cabrito	150
205.	El vaquero y el león	151
206.	El avariento	151
207.	Los dos jóvenes y el repostero	152
208.	El león y el toro	152

209.	La corneja fugitiva	153
210.	La zorra y el hombre labrador	153
211.	Los dos enemigos	154
212.	El ciervo tuerto	154
213.	El perro y la liebre	155
214.	El águila y los gallos	156
215.	La prueba de la amistad	156
216.	El león enamorado	159
217.	El granjero y la víbora	159
218.	El cuervo y el cisne	159
219.	La liebre y el sabueso	160
220.	El halcón y el ruiseñor	160
221.	La mosca y la mula	161
222.	El labrador y los perros	161
223.	La gata convertida en mujer	161
224.	El lobo y la grulla	163
225.	El zapatero convertido en doctor	163
226.	El granjero y la cigüeña	164
227.	El asno y el lobo	164
228.	La alondra	165
229.	La rana del pantano y la rana del camino	165
230.	El lobo y el pastor	166
231.	El estómago y los pies	166
232.	El ratón de ciudad y el ratón de campo	167
233.	El caballo, el buey, el perro y el hombre	168
234.	El asno, el gallo y el león	169
235.	La cigarra y la lechuza	169
236.	El caballo viejo y el molinero	170
237.	La zorra, el gallo y los perros	170
238.	El ciervo enfermo	171
239.	La corneja y la oveja	171

240. El águila, el cuervo y el pastor 172
241. El padre y el hijo mal criado 172
242. El lobo, la zorra y el mono juez 173
243. El lobo y el cordero 174
244. El canoso y sus dos pretendientes 174
245. Los lobos y las ovejas 174
246. El enfermo y el médico 175
247. El gallo y la joya 177
248. La zorra y los cazadores 177
249. La pulga y el buey 178
250. Las aves, las bestias y el murciélago 178
251. Los viajeros y el sicomoro 178
252. El hombre bueno y el falso, y las monas 179
253. El calvo y la mosca 180
254. La encina y la caña 181
255. El lobo y el asno 181
256. La raposa y el gato 182
257. El lobo y el niño 182
258. El arquero y el león 183
259. El burro y la mula 183
260. El buey y la becerra 184
261. El pajarero y las aves 184
262. El carnicero y los carneros 185
263. Hermano y hermana 185
264. El mono y el camello 186
265. La espada y el caminante 187
266. La culebra y el labrador 187
267. La mujer y la gallina 188
268. El molinero, el hijo y el asno 189
269. Los lobos y los perros 191
270. El ciervo y la viña 192

271. El león y la liebre 192

272. El pájaro enjaulado y el murciélago 193

273. El toro y el ternero 193

274. El asno doctor 193

275. El deudor ateniense 194

276. El caballero calvo 195

277. El burro y su amo 195

278. Los dos perros 195

279. El ladrón y el posadero 196

280. El astrónomo 197

281. El asno y su comprador 197

282. El lobo y el chivo 199

283. El padre y las dos hijas 199

284. El labrador y la serpiente 200

285. El asno y las ranas 200

286. El asno y sus amos 200

287. El asno doméstico, el asno salvaje y el león 201

288. El cabrito y el lobo 202

289. Los árboles y el hacha 203

290. El león y el boyero 203

291. La cigarra y la zorra 204

292. El ateniense y el tebano 204

293. El buen rey león 205

294. El burro que cargaba una imagen 206

295. El asno y el perro 206

296. La mula 207

297. El león enamorado 208

298. El campesino y Hércules 208

299. El zorro y el sabueso 208

300. La hormiga 209

301. Los gallos y la perdiz 209

Fábulas ilustradas

302. El castor 210

303. La zorra y el cangrejo 210

304. El asno salvaje y el asno doméstico 210

305. El perro y la oveja 211

306. El jabalí y la zorra 211

307. Las ranas y el pantano seco 213

308. El labrador y las grullas 213

309. El jardinero y el perro 214

310. La gaviota, el espino y el murciélago 214

311. Los ríos y el mar 215

312. El apicultor 215

313. El cabrero y la cabra 216

314. El rey y las monas 217

315. El león, Zeus y el elefante 217

316. El cerdo y las ovejas 218

317. El perro y el lobo 218

318. El cazador y la alondra 219

319. El águila y el escarabajo 219

320. La avispa y la serpiente 220

321. El asno, el buey y el labrador 220

322. La comadreja y el hombre 221

323. Los perros y la zorra 221

324. El gavilán y el ruiseñor 221

325. El lobo y el caballo 222

326. La rosa y el amaranto 223

327. El cisne y su dueño 223

328. El cazador y la perdiz 224

329. El orador Démades 224

330. El loro y la gata 225

331. El lobo y el labrador 225

332. El pescador flautista 227

333. El león y el ciervo 227

334. La serpiente pisoteada y Zeus 227

335. El carnicero y los dos jóvenes 228

336. El pastor y el lobo 228

337. Los lobos, los carneros y el carnero mayor 229

338. El cuervo y la culebra 229

339. El embustero 229

340. El hombre y la hormiga 230

341. El águila y la zorra 230

342. Los cuatro bueyes y el lobo 231

343. El mono y el delfín 233

344. El médico ignorante 234

345. Heracles y Atenea 234

346. El granjero y sus perros 235

347. La zorra que servía a un león 235

348. Los perros hambrientos 237

349. El lobo orgulloso de su sombra y el león 237

350. Heracles y Hades 237

351. Las zorras a orillas del río Meandro 238

352. El león taimado 238

353. El león, la zorra y el asno 239

354. El esclavo fugitivo 239

355. La zorra y el espino 240

356. La zorra y el erizo 240

357. El león, la zorra y el lobo 241

358. El león, la zorra y el ciervo 241

359. La corneja y el cuervo 243

360. El león y el mosquito 244

361. La perdiz y el cazador 245

362. La bruja 245

363. El caballo, el ciervo y el cazador 245

Fábulas ilustradas

364. El anciano y la muerte 246

365. El hombre que perdió su pala 246

366. La serpiente y el águila 247

367. El pícaro 247

368. El avaro y el oro 249

369. Las palomas, el milano y el halcón 249

370. Pena y su parte 249

371. El cazador y el jinete ladrón 250

372. Prometeo y los hombres 250

373. La golondrina presumida y la corneja 251

374. La zorra y el leopardo 251

375. La viuda y el labrador 252

376. El caminante y la dama Fortuna 252

377. El cazador miedoso y el leñador 253

378. El caballo y el asno 254

379. Las cabras y el cabrero 255

380. El ciervo y su reflejo 255

381. La víbora y la zorra 256